대한민국의

비상

대한민국의 비상 2권

<가파른 상승>

초판1쇄 펴냄 | 2011년 11월 22일

지은이 | 백도라지
발행인 | 성열관

펴낸곳 | 어울림 출판사
출판등록 / 2009년 1월 23일 -제313-2009-12호
주소 / 서울시 마포구 서교동 395-64 회산빌딩 3층 302호
TEL / 02-337-0120
FAX / 02-337-0140
E-mail / 5ullim@hanmail.net

Copyright ⓒ2011 백도라지

값 8,000원

ISBN 978-89-6430-680-2 (04810)
ISBN 978-89-6430-678-9 (SET)

대한민국의

비상

② 가파른 상승

목차

중국의 견제

김필주는 미리내 연구실에서 전화를 받았다.

"여보세요. 누구십니까?"

―김필주 씨입니까?

"예, 그런데요."

상대방이 망설이는 듯하더니 바로 대답을 했다.

―어이! 나. 한상진이야. 나 기억하냐?

한상진이라면 자신과 대학동기였기 때문에 기억하지 못할 리가 없었다. 그렇지만 김필주는 고개를 까닥였다.

자신과 별로 친한 사이가 아니었기 때문에 졸업 후 서로 전화를 주고받은 적은 없었다.

"아! 그럼, 그런데 웬일이냐? 나에게 전화를 다 주고?"

―우리 우선 좀 만나자. 내가 너와 의논할 일이 있어서 그래.

갑자기 자신과 의논할 일이 있다는 것에 대해 의아했지만, 오랜만에 걸려온 친구가 전화로 부탁하는 것을 거절할 수가 없었다.

"그래? 그럼 몇 시에 만날까?"

―오후 7시에 광화문 하동관이란 음식점에서 만나자. 그런데 하동관 알아?

"알아알아~ 그럼 그때 만나자고."

김필주는 전화를 끊고 머리를 갸웃거렸다. 한상진과는 같은 과에 있었지만 별로 어울려 놀은 친구가 아니었다.

그럼에도 그가 그를 기억하는 것은 과에서 그의 성적이 가장 좋았기 때문이다. 그가 알기로 한상진은 성품이 곧고 칼날 같아 다른 사람과 잘 어울리지 않는 사람이라는 것이다.

김필주는 저녁 7시가 되자 광화문 하동관으로 갔다.

그가 여점원의 안내로 방으로 들어가니 한상진이 이미 와 있었다. 한상진은 김필주를 보자 일어서서 손을 내밀며 반갑게 맞이했다.

"야! 오래간만이다."

"정말 반갑다."

김필주는 악수를 하고 앉으며 입을 열었다.

"지금 뭐 하고 있냐?"

"나. 지금 S전자에 다니고 있어."

"그래? S전자라면 연봉이 꽤 세다던데……?"

"뭘… 육천밖에 안 돼."

쑥스러운 듯 대답하는 한상진의 말에 김필주는 기꺼운 듯 고개를 끄덕거렸다.

"야. 육천이면 어딘데? 그 정도면 먹고 살만하잖아?"

한상진은 대답 대신 물었다.

"너도 꽤 받을 것 아니야?"

김필주가 환하게 웃으며 대답했다.

"거참! 우연히 내 연봉도 너와 같은 육천이다."

이때 문이 열리며 예쁜 한복을 입은 여인이 들어와 차를 따라줬다. 한상진은 여인에게 말했다.

"주문한 술상 좀 빨리 들여보내주시오."

"예. 준비가 다 되었습니다."

여인이 나가자 한상진이 안주머니에서 명함을 꺼내 줬다. 김필주도 명함을 꺼내어 한상진에게 줬다.

한상진이 김필주의 명함을 받고 보니 연구소 과장으로 적혀 있었다. 한상진이 입을 열었다.

"너희 회사는 창업한지도 얼마 안 되는데 연봉이 참 높은

편이구나."

"아니야. 우리 회사 연봉은 다른 대기업에 비하여 아직은 70% 정도 수준밖에 안 돼. 그렇지만 시간이 지날수록 점점 더 좋아질 것이야. 올 초에 사원들 임금을 20%나 인상했는데, 아마 내년에도 최소한 20%는 인상할 것이야."

한상진의 시선에 부러움이 떠올랐다.

"회사는 잘 되고?"

김필주가 넉넉한 웃음과 함께 대답했다.

"우리 회사는 주문이 밀려서 공장 다섯 개가 모두 이부제로 운영하고 있는 형편이야. 우리가 처음 예상한 것보다는 잘 운영되고 있는 셈이다."

잠시 망설이는 듯하던 한상진이 궁금한 것을 묻기 시작했다.

"그런데 전지, 그것을 어떻게 미리내에서 생산하게 되었지?"

김필주는 대수롭지 않다는 표정으로 친구의 궁금증을 풀어주기 위해 대답을 했다.

"처음엔 네가 다니는 S전자에다가 우리 기술을 사라고 했지. 그런데 너희 회사에서는 삼십억밖에 안 주겠다고 했어. 그것도 배를 퉁겨가며……."

한상진은 속으로 그 때 당시의 담당자가 자신의 눈앞에 있다면 주먹이라도 한방 먹이고 싶은 심정이었다.

"그런데 우리는 칠십억을 원했거든. 그러던 차에 우리 팀원 중에 한 사람인 김경호가 친구에게 이 기술을 팔기로 한 것이야. 그 친구는 우리 모두가 자기회사의 연구원으로 들어오는 조건으로 사기로 했지. 그래서 미리내가 탄생한 것이다."

"그래? 우리 회사와도 접촉이 있었어?"

눈을 크게 뜬 한상진을 향해 김필주가 살며시 미소 지으며 대답했다.

"그럼 처음엔 너의 회사랑 접촉을 했지."

"그런데 지금 회장은 사람이 어때?"

"나도 몇 번 만나 보았지만, 나이에 비하여 점잖고 화끈한 사람이야. 일하는 것이 아주 산뜻한 사람이지. 의리도 있고, 사원들도 회장을 무척 좋아하고 있어."

이때 여인들이 술상을 들고 들어왔다.

술상이 놓이자 한상진이 주전자를 들고 술을 따랐다.

"자! 우선 한잔 하자. 건배."

한상진은 술잔을 입에서 떼며 말했다.

"김경호도 너와 같이 연구를 한 것이야?"

"그럼. 사실은 이 핵전지를 연구하는 데 가장 결정적인 역할을 한 사람이 김경호야."

"아! 그래. 경호를 만난 지도 참 오래 되었는데."

김필주가 바로 경호의 근황에 대해서 알려줬다.

"그 친구가 지금 우리 연구소의 소장으로 있어."

"야! 정말? 그 친구 아주 출세했네."

잔뜩 부러워하는 한상진을 향해 김필주가 손을 내저었다.

"하하, 연구소라고는 하지만 연구원이 모두 열두 명밖에 안 돼. 너네 회사처럼 그렇게 큰 연구소는 아니야. 그러나 우리 연구소도 곧 인원을 더 확충할 생각이다. 우리 회장님이 연구에는 돈을 아끼지 않겠다는 신조거든."

한상진이 갑자기 정색을 하고 입을 열었다.

"필주야. 너 혹시 직장을 옮겨 볼 생각은 없냐?"

갑작스런 말에 김필주는 어안이 벙벙했다.

"직장을 옮기다니……?"

가만히 김필주의 눈을 들여다보던 한상진이 솔직하게 털어놓기 시작했다.

"우리 회사에서 널 원하고 있어. 만약 네가 우리 회사에 오겠다면 기술이사직과 현금 오십억을 지불하겠단다. 어때, 이 정도면 좋은 조건 아니냐?"

말을 마친 한상진은 김필주의 반응이 궁금해 그의 동작 하나라도 놓치지 않겠다는 시선으로 김필주를 바라보고 있었다.

이 말을 들은 필주가 피씩 웃었다.

"너희 회사 같은 큰 회사가 아직도 그런 편법을 다 사용

하냐?"

너무도 덤덤한 김필주의 말에 한상진은 그만 얼굴이 벌 게지고 말았다.

"기술이 필요하다면 연구를 할 것이지, 남의 회사 기술 을 뽑아내려 하다니?"

김필주는 친구와 나눴던 달짝지근했던 술맛이 갑자기 썼 다.

"대기업으로서 보기에 참 안 좋구나!"

부끄러움에 잠시 말을 잇지 못하던 한상진이 잠시 후 자 조적인 목소리로 입을 열었다.

"뭐 그런 일이야 우리 기업계에서는 어제 오늘의 일도 아 니지. 그런 일은 늘 있어왔던 관행 같은 일이잖아."

그런 잘못된 관행으로 얼마나 많은 사람들이 고통 받고 있는지를 알게 된다면 과연 그런 짓을 멈출까?

김필주가 차가운 표정으로 한상진을 바라봤다.

"세상에서는 너희 회사가 중소기업들의 기술을 가로챈 다는 말이 파다하게 돌고 있었다. 그런데 네 말을 들어보 니 그것이 사실이었구나."

한상진은 김필주의 시선을 마주치지 못하며 다시 물었 다. 아직은 끝이 아니라는 생각이었기 때문에.

"내가 내 놓은 조건이 맘에 안 드냐?"

김필주가 대답 대신 한상진을 가만히 바라봤다.

그런 김필주의 눈에는 여러 가지의 감정들이 떠올랐다가 사라졌다.

그리고 마지막으로 남은 감정은.

"조건이야 그만하면 괜찮지."

김필주가 잠시 말을 멈췄다.

한상진은 애가 닳을 지경이었다.

묵묵히 한상진을 바라보던 김필주의 입이 다시 열렸다.

"그러나 그런 조건으로는 우리 중 그 누구도 응하지 않을 것이다. 그리고 남의 기술을 뽑아내려면 우리에 대한 정보를 보다 많이 확보했어야지."

"우리가 너희들에 대하여 무엇을 모르는데."

억울하다는 듯, 분하다는 듯, 그렇지만 그래서 미안해다는 듯한 한상진의 눈빛이 한동안 흔들거리다가 묻는 말에 김필주가 담담한 표정으로 대답을 했다.

"우리는 미리내를 창업한 창업동지일 뿐 아니라, 동시에 주주이기도 해. 우리 미리내는 모두 여덟 명의 주주가 있는데, 그중 일곱 사람은 소액 주주지. 나도 우리 회사 주식을 0.1% 가지고 있다."

요즘 한창 주가를 올리고 있는 회사의 지분을 그 정도로 갖고 있다는 것은 일견 대단한 것이었다.

한상진의 부러워하는 시선을 뒤로하고 김필주가 계속 말을 이었다.

"그런데 말이야. 다음 달이면 내가 배당금으로 삼억을 받게 되어 있어. 이번에 우리 회장님이 소액주주에게만 배당금을 주시기로 했거든. 너도 생각해봐라. 내 월급이 매달 오백만 원에 저번 달에 명절날 떡값으로 천만 원이나 받았거든. 이정도면 살 만한 것 아니냐?"

'당연히 살 만하지, 아니 살고도 남지……..'

그러나 한상진은 입 밖으로 그 말을 꺼내진 못했다.

"거기에다 미래도 밝다. 그런데 이제 나이 삼십에 내가 몸담고 있던 회사를 배신한다면, 내 장래가 어떻게 되겠어? 배신자란 세상 어디에서도 환영하지 않는 법이거든."

자신의 조직을 배신하고 그에 따른 대가로 보다 월등한 조건으로 다른 조직에 갔을 경우, 과연 그 조직에서 얼마나 버틸 수 있을까?

한 번 배신한 사람은 내성이 생겨서 다음에는 보다 손쉽게 배신을 할 수 있는 것이다.

"그리고 내년부터는 내 배당금이 두 배 이상 늘어날 것이거든. 그런데 돈 오십억에 내 영혼을 팔수는 없지. 나도 의리를 꽤 중요하게 여기는 사람이거든."

한상진은 머리를 끄덕이면서 말했다.

"나도 네가 우리 조건에 응하지 않을 걸 알았다. 인생이란 결코 돈이 전부는 아니거든……."

김필주가 한상진을 똑바로 쳐다보면서 의아한 표정으로

물었다.

"야, 인마. 사람을 끌어가려면 좀 더 적극적으로 나와야 할 것 아니냐? 그런데 왜 이렇게 미지근해?"

한상진은 쓴 웃음을 지은 표정을 김필주에게 보였다. 그러더니 이내 혼자 술을 따라 단숨에 마셨다.

탁 소리가 나게 잔을 내려놓은 한상진의 입이 열렸다.

"사실 난 이런 일에 나서고 싶지 않았어. 정말 어쩔 수 없어서 고민 끝에 널 만난 것이다."

김필주는 그런 한상진을 충분히 이해한다는 듯 고개를 주억거리고 있었다.

"그러나 저러나 이제 나는 더 이상 설 자리가 없게 되었다."

한상진은 말하면서 씁쓸한 미소를 지었다.

"인마, 그러면 애초에 이런 일은 못하겠다고 딱 잘라서 거절을 했어야지?"

"당연히 거절했지. 그러나 결국 강요에 못 이겨 이렇게 나온 것이다."

조직생활을 오래한 것은 아니었지만 김필주는 친구인 한상진의 입장을 이해할 수 있을 것 같았다.

만약 자신이 그와 같은 입장에 놓인다면 어떤 선택을 할 수 있을까?

"그럼 네 입장이 아주 난처하게 되겠구나?"

한상진은 다시 자작을 해서 술을 마셨다.

"난처한 정도가 아니다. 아무래도 회사를 그만 두어야 할 것 같다."

한상진의 이마에는 깊은 주름이 만들어져 있었다. 길다란 한숨을 내쉬는 눈동자는 조금씩 풀리고 있었다.

"그렇게 심각한가?"

"이일에 실패하면 나는 윗사람들에게 찍히게 되어 있어. 눈치를 보면서 회사를 다니느니 차라리 그만 두어야지."

두 사람은 한동안 말이 없이 술잔만 주고받았다.

그러던 중 갑자기 한상진이 한숨을 내쉬며 말했다.

"너희들이 모두 창업 멤버라고 했지?"

김필주가 아직도 굳은 표정으로 고개를 끄덕였다.

"그래."

"그렇다면 너희 회사에다 내자리 하나 만들어주면 안 되겠니?"

"우리 회사로 오려고?"

한상진이 푸념처럼 중얼거렸다.

"그래, 사실 사표를 내면 내가 갈만 한 마땅한 회사가 없다."

김필주는 씁쓸하게 웃으며 말했다.

"나 때문에 엉뚱하게 네가 피해를 보는 거냐?"

나름 친구의 입장을 생각해 그렇게 말해줬다.

그렇지만 김필주는 한상진한테 한편으로는 기분이 좋지 않았다. 오랜 만에 연락을 해서 만났더니 전혀 엉뚱한 제안을 하는 친구로부터 감정이 좋을 리는 없었다.

물론 본인도 어쩔 수 없는 상황이긴 했을 것이다. 더군다나 자신의 거절로 인해 친구는 이제 직장마저 잃을 위험에 처하게 되었다.

한상진이 풀린 눈의 시선을 애써 모아서 김필주를 바라봤다.

염치없는 부탁이었지만, 어떻게든 자신이 직장을 놓고 쉬는 일만은 면하고 싶었기 때문이다.

"그런 것 따져서 뭐하니. 이것도 운명이지."

안타까운 김필주의 시선이 문득 왜소해 보이는 한상진을 감싸 안는 듯했다.

"좋아. 내 입장에서 장담은 할 수 없지만 경호와 의논해 볼게."

"그럼 의논해서 결과가 나오는 대로 나에게 연락해줘."

말하는 한상진의 표정은 매우 어두웠다.

필주는 그런 친구의 표정을 보며 안타까움을 느꼈다.

며칠이지나 경호와 진수는 회장실을 찾았다.

형진이는 두 사람을 보고 미소를 지으며 말했다.

"뭐 좋은 일이라도 있는 거야?"

경호가 텁텁한 표정으로 말했다.

"좋은 일이라니? 사실은 좀 안 좋은 일이 있었어."

"그래. 저리 가서 앉자."

형진이는 소파에 가서 먼저 앉았다. 그러자 두 사람도 소파에 가서 앉았다. 그러자 경호가 먼저 입을 열었다.

"며칠 전에 S전자에서 우리 연구원을 빼가려고 했었다."

순간 형진은 놀라서 말을 잇지 못했다.

결과가 어떻게 되었는지 너무 궁금해서 독촉하는 눈빛으로 다음 말을 재촉했다.

"……."

"그들은 필주에게 기술이사직과 현금 오십억을 주겠다고 했단다."

"그래서? 그 친구는 어떻게 하기로 했다냐?"

"어쩌긴… 당연히 일언지하에 거절을 했지. 이거 우리나라 굴지의 대기업에서 이런 짓을 해도 되는 거야?"

그러자 형진이가 태연하게 웃으며 말했다.

"그거 우리나라 산업초기부터 늘 있어온 일 아니냐."

"아니, 그래서 괜찮다는 이야기야?"

"어어! 화내지 마. 나는 그런 일로 열 받지 말란 말이다."

"참! 태평해서 좋다."

"그래. 그런데 안 좋은 일이라는 게 뭐냐?"

경호는 차분한 목소리로 말했다.

"다른 게 아니고 S전자에서 필주를 설득하기 위해 보낸 사람이 우리들의 친구란 점이야. 그 친구는 이일 때문에 난처한 입장에 빠진 것이지. 그리고 윗사람들의 눈치가 보여서 회사를 그만 두어야 하겠데. 그 친구 말로는 우리 회사에 와서 일할 수 있었으면 좋겠다고 했데. 그러니 내 입장이 좀 난처하게 되었어."

진수가 형진이를 보며 물었다.

"어떻게 할 거야?"

형진이는 잠시 생각하더니 말했다.

"너는 이 일을 어떻게 했으면 좋겠니?"

"글쎄……."

진수가 바로 대답을 못하자 형진이가 경호에게 물었다.

"그 친구 능력은 어때?"

"학교 다닐 때부터 능력은 있었어. 그러니 치열한 경쟁률을 뚫고 S전자에 입사를 했지."

"그러면 인간성이나 대인관계 같은 건 어떠냐?"

"성격도 원만하고 주위 사람들과도 조화롭게 융화해서 잘 지내는 편이다."

경호의 대답을 들은 형진이 진수를 보면서 다시 물었다.

"넌 어떻게 했으면 좋겠어?"

진수가 살며시 미소를 머금고 대답을 했다.

"난 경호의 입장도 있고 하니 그냥 받아 들였으면 한다."

"그럼 그렇게 하지. 그런데 그 사람을 어느 부서에 보내지? 또 직책은 어떻게 하고?"

그러자 경호가 나서서 말했다.

"그 친구는 재학시절 우리 과에서 공부를 제일 잘한 친구야. 또 S전자에서 시험을 보아서 입사한 사람이고. 한마디로 실력은 있는 사람이다. 그가 S전자에서 설계를 담당하고 있었으니, 우리 회사에서도 설계를 담당하게 했으면 좋겠어. 그리고 대리로 있었으니까 한 단계 승진 시켜서 과장으로 받아 들였으면 해."

형진이는 진수를 보며 말했다.

"이 일은 두 사람이 상의해서 해결하도록 해. 그런데 다른 회사에서 우리 전지를 만들어 낼 수 없는 것은 확실한 거야?"

경호가 나서서 설명했다.

"전혀 불가능한 것은 아니야. 우리 전지를 분해하여 역설계를 하여 만드는 방법도 있어. 그러나 우리가 낸 특허를 뚫고 나오기가 쉽지 않을 거야. 우리는 이전지에 방어용 특허를 백가지 이상이나 내었으니 별다른 방법이 없을 것이다. 그리고 이 전지를 만들어 내는 것도 결코 쉽지는 않다."

형진이는 안도의 표정을 지으며 말했다.

"그렇다면 좀 안심이다. 그나저나 참 사업하는 것도 쉽지는 않구나."

　형진이가 오래간만에 일찍 집에 들어가니 아내와 누나가
거실에 앉아 있었다.

　아내는 태어난 지 넉 달밖에 안 되는 아들을 앉고 있었
다. 또 조카 미숙이는 인형을 안고 아기를 보고 있었다.

　거실에 들어서니 조카 미숙이가 먼저 반갑게 맞이했다.

　"삼촌, 아기가 너무 너무 예뻐요."

　"하하~ 그래. 삼촌은 우리 미숙이가 더 예쁜데."

　"얘. 오늘 웬일이냐? 이렇게 일찍 들어오고."

　"글쎄. 웬일인지 일찍 들어오고 싶었어. 하하, 아기가 보
고 싶었던 모양이지."

　이때서야 아내 수진이가 입을 열었다.

　"저녁 안했지? 빨리 씻고 내려와."

　형진이는 이층으로 올라가 옷을 갈아입고 샤워를 하고
아래층으로 내려갔다.

　그러자 아내 수진이는 아기를 형진이에게 주고 주방으로
갔다. 형진이는 아들을 안고 환하게 웃었다.

　"명석아, 아빠가 왔다. 어디 한 번 크게 웃어봐."

　아들과 한동안 놀던 형진이 옆에 있는 누나를 바라봤다.

　"누나는 오늘 안 나간 거야?"

　"아니, 나도 방금 들어왔어. 그런데 자동차 전지는 잘 나

가는 거야?"

"뭘… 이제 한 달에 칠천 개씩 만드는데. 아무래도 쉽지가 않겠어."

"얘. 그래도 너무 조바심 내지 마라. 전기 자동차가 갑자기 대량으로 판매가 되겠니? 그러나 요즘 매스컴에서 연일 전기 자동차를 선전하고 있더라. 그리고 사람들 이야기를 들어보니 전기 차에 대하여 관심들이 많더라."

그런 일련의 과정들이 최대한 빠르게 진행되어 자동차 전지의 수효가 급격히 늘어나기만을 형진은 학수고대하고 있었다.

"그렇지만 아무리 그래도 대량 판매가 되려면 시간이 많이 필요할 것이야."

"그래서 걱정이야. 이미 핸드폰 전지는 한계에 다다랐거든. 그래서 지금은 아이패드와 노트북에 사용할 전지를 생산하려고 준비 중이야."

"그 전지를 사용하면 노트북을 몇 시간이나 사용할 수 있니?"

"백이십 시간 이상 사용할 수 있는데. 그런데 노트북이나 아이패드는 핸드폰 전지에 비하여 판매량이 매우 적을 것 같거든."

아무래도 핸드폰 보다는 수요가 적었기 때문이다.

"얘. 핸드폰보다는 못하지만 그쪽도 판매량이 만만치 않을 것이야. 그리고 노트북도 계속 얇아지고 있거든. 홍보만 잘되면 전지가 많이 나갈 것이야."

"글쎄. 그렇게만 된다면 우리 회사 매출이 또 한 번 획기적으로 도약할 터인데……."

누나는 형진의 모습이 대견하기만 했다.

"그래도 너희 회사가 그 정도로 성장한 것이 어디냐? 난 처음 네가 사업을 시작할 때 얼마나 걱정했었다고. 요즈음 세상에 사업해서 성공하기란 정말 어렵다."

형진이는 싱긋이 웃으며 말했다.

"욕심 같아서는 단박에 S전자의 매출을 따라 넘기길 바라거든."

"얘는. 무슨 엉뚱한 욕심이냐? 그 회사는 우리나라에서 가장 큰 회사야. 아마 매출액이 백조도 넘을걸. 언감생심 바랄 걸 바라야지……."

그러나 형진의 눈은 의지로 가득 차 있었다.

"하하, 그렇다고 꿈도 못 꾸어보나. 전지만한 상품을 하나만 더 개발하면, S전자에 당당하게 도전장을 한번 내밀어 볼만 한데……."

"얘. 흰소리 좀 그만해라. 너희 회사 전지 같은 상품 열개를 개발해도 S전자를 따라가기가 어렵다. 그러니 얼른 꿈에서 깨셔!"

형진이 누나를 바라보며 씩 웃었다.

"그래. 누나 어디 두고 봅시다."

누나는 갑자기 깔깔 웃더니 말했다.

"얘가 회사가 조금 잘되니까 완전히 간이 배 밖으로 나왔어."

이때 그의 아내 수진이가 와서 말했다.

"밥상 다 차렸으니 어서 식사해."

형진이 뚱한 표정으로 아내와 누나를 바라봤다.

"아니, 나 혼자 먹어야 해?"

"우리는 조금 전에 먹었어."

"나 혼자 무슨 맛에 밥을 먹나? 오래간만에 가족들과 같이 먹으려 했는데. 어머니는 어디 가셨나?"

"동네 마실 나가셨어. 어머니가 집에 계시는 줄 알아."

형진이는 혼자 구시렁거리며 식탁으로 갔다.

다음날 형진이는 회장실에서 결제를 하고 있는데 진수가 들어왔다.

형진이가 올려다보니 진수는 매우 기분 좋은 표정을 하고 있었다.

"뭐, 좋은 일이라도 있는 거야?"

형진이 싱글벙글하며 대답을 했다.

"미국 M자동차에서 주문이 들어왔다."

"그래, 얼마나?"

"월 오천 개."

"또 오천 개야. 그러지 말고 한 번에 일만 개씩 사 가면 안 되냐?"

"무슨 소리야? 오천 개가 작은 줄 알아? 전기 자동차는 이제부터 시작이라고."

"그래 보았자 주문 들어온 것이 월 일만 이천 개밖에 더 되냐?"

진수가 조금 화난 듯한 표정으로 형진이를 노려봤다.

진수가 보는 형진은 마치 만족을 모르는 괴물 같을 때가 있었다.

"이 사람아! 한술 밥에 어떻게 배가 부르냐? 묵묵히 참고 기다려봐. 시간이 지나면 주문이 더 들어올 것이다."

"아무리 그래도 그렇지. 자동차용 전지를 매일 삼만 개까지 생산할 수 있는데, 겨우 일만 이천 개를 팔아서 어떻게 하냐?"

"야. 너 무슨 성미가 그렇게 급해. 핸드폰 전지도 처음엔 이랬어. 그러니 조금 더 기다려 보라니까?"

"알았어. 그런데 한상진이라는 친구는 어떻게 하기로 했어?"

"우리 회사로 불러들이기로 했다."

"그래, 잘 했다."

이때 여비서가 차를 가지고 들어왔다.

진수는 이때서야 소파로 가서 앉으며 차를 마셨다. 형진이도 진수 맞은편에 앉으며 설록차를 마셨다. 진수는 차를 마신 후 입을 열었다.

"오늘은 다른 일을 의논해야겠다."

"무슨 일인데……?"

"상장 회사 중에 G제약회사란 회사가 있다."

"나도 안다. 제약 회사 중엔 제법 큰 회사지?"

"그래. 그 회사가 건설업에 뛰어 들어갔다가 크게 손해 본 모양이다. 내가 조사해본 것으로는 중동에서 큰 빌딩을 수주받았다가 크게 손해를 본 모양이다."

형진은 진수의 말에 집중을 하고 있었다.

"그리고 항구 건설에서도 손해를 보고, 또 국내에서 아파트 삼천동을 지었다가 거기에서도 큰 손실을 보았다. 그래서 그 회사에서 견디지를 못하고 우선 제약회사를 처분할 모양이다."

잠시 말을 멈춘 진수가 형진의 눈을 가만히 들여다봤다.

"나는 우리가 그 회사를 이번 기회에 사 들였으면 한다."

"제약회사의 재무구조는 어떤데?"

이미 조사를 해놓은 진수는 막힘없이 대답을 했다.

"자본금은 백억이고 매출은 사천억 정도야. 그리고 순이익이 사백억 이나 되는 제법 좋은 회사다."

형진의 눈에 진한 흥미가 드러났다.

"그래? 그거 좋은 회사인데… 회사의 주가는 얼마나 되지?"

"얼마 전엔 구 만원이었는데, 계열회사인 건설회사에 지급보증을 서준 덕분에 지금은 주가가 삼만 원 정도로 떨어져 있다."

"그래. 그럼 제약회사를 얼마에 팔겠데?"

"주당 이십만 원을 달랜다."

형진이 이마를 찡그리면서 계산을 해본 뒤 다시 물었다.

"그러면 우리가 사들일 수 있는 주식은 얼마나 되는데?"

"모두 51%야. 돈으로 환산하면 약 이천억 정도…….."

형진이는 잠시 생각하더니 머리를 흔들었다.

"흠! 너무 비싼 것 아니야? 생각해0봐라, 이천억을 투자해서 일 년에 사백억을 번다면 말이 안 되지. 거기에다 우리 주식은 51%이니까 대략 이백억 밖에 안 되잖아. 그리고 우리가 그 회사를 인수하더라도 잘 경영한다는 보장도 없잖아?"

전지와 제약은 전혀 다른 분야였다.

물론 제약회사를 인수하면서 직원들 역시 인수를 하면 되지만, 당장 자신이나 진수, 경호 역시 제약에 대한 지식이 별로 없으므로 반드시 잘 운영할 수 있다는 자신을 할 수 없다는 것이 영 마음에 걸리는 것이다.

진수가 어처구니없어서 껄껄 웃었다.

"야, 이 친구야. 무슨 계산을 그렇게 엉터리로 해? 이천억 투자해서 사백억 벌면 많이 버는 것이야. 또 우리 몫이 이백억이라 해도 10% 이상 이익이 남는 것이다. 그 정도면 되었지, 도대체 얼마나 더 바라는 것이냐?"

형진은 진수 말을 듣고 잠시 생각해보더니 말했다.

"내가 계산을 잘못 했나? 그래도 그 회사가 이 천억이면 너무 비싼 것 아니냐?"

"나는 그렇게 생각 안 해. 자회사에 보증을 섰기 때문에 조금 싸게 나온 것이야. 사실 다른 기업체에서도 그 회사를 인수하려고 했었어. 그런데 그 회사의 은행 채무 일천억 때문에 모두 손을 든 것이 거든."

"뭐야. 그럼 은행 채무도 우리가 떠안아야 하는 것이냐?"

얼굴을 절로 찌푸리는 형진에 비해 진수는 당연하다는 듯한 표정이었다.

"그래, 그렇지 않으면 그 회사가 우리 차례까지 오겠냐?"

"와! 너 사람 미치게 만드는구나? 남이 먹으려다 토해 놓은 것을 지금 와서 나더러 먹으라고?"

진수는 머리를 끄덕였다.

"그 정도의 회사면 좋은 회사야. 삼천억이 나간다 해도 그 이상의 충분한 가치가 있는 회사다. 그리고 우리가 그 회사를 인수하는데 이천억만 가지면 된다. 은행 빚은 차차 갚아 나가면 돼."

형진이는 다시 한참 생각하더니 말했다.

"그렇다면 너는 지금 제약회사를 꼭 인수하고 싶은 거냐?"

"그래. 나는 이 회사를 인수하여 반드시 세계적인 제약회사로 키우고 싶다."

더불어 진수는 제약회사를 통하여 반드시 이루고 싶은 것이 있었다. 그러나 아직은 형진이 한테 밝힐 단계는 아니었다.

"그렇게 하자면 막대한 투자를 해야 하는데, 잘못하면 손해를 볼 수도 있잖아?"

진수가 냉정하게 잘라 말했다.

"그게 겁나면 사업을 하지 말아야지."

"짜식, 큰 소리는… 좋아, 그럼 제약회사에 대하여 좀 더 철저하게 조사해보고 착수하도록 해라."

"알았어. 그럼 곧 인수 작업에 들어간다."

진수가 나가자 형진이는 깊은 생각에 빠졌다.

지금 경영하고 있는 미리내 전지회사도 본 궤도에 오르지 못하였는데, 벌써부터 계열회사를 두어야 하는지 심각하게 고민을 했다.

적자가 나는 회사가 아니었지만, 무엇보다 경영에 미숙

한 자기들이 경쟁이 치열한 제약회사를 잘 운영할지가 걱정이 되었다.

사실 사세를 확장하는 것 자체가 겁이 나는 것은 아니다.

또 자 회사를 사들이는데 돈이 문제가 되는 것도 아니다.

다만 자 회사로 인하여 모기업의 운영에 문제가 될까봐 그것이 두려운 것이다. 그로서는 좀 더 미리내에 힘써서 세계적인 기업으로 확실하게 자리를 잡게 한 후에 사세를 확장하는 것이 계획이었다.

그러나 진수가 저처럼 안달이니 차마 거절 할 수가 없었다.

며칠이 지난 삼월초가 되자, 신문에 제 4광구에 대하여 기사가 났다.

한국에서 4광구에 원유를 뽑아 올리기 위하여 굴착기계를 설치하려 하는데, 중국 군함 7척이 나타났다.

그들은 그곳이 중국의 경제수역이라 주장하며, 한국 측이 무조건 물러날 것을 주장 하였다.

이때 한국도 대응책으로 한국 군함 다섯 척을 보냈다.

양측은 서로 상대편이 물러가길 주장하다가 외교적으로 해결하기를 합의하고 일단은 물러났다.

형진이는 이 기사를 보고 상당히 불쾌하게 생각했다.

이때 진수가 들어왔다. 그는 환한 얼굴로 들어와선 말했다.

"일본 H자동차에서 우리 전지를 월 오천 개씩 보내달라고 주문이 들어왔다."

"그거 참 잘 되었구나. 그러잖아도 주문이 적어서 걱정했었는데……."

"그것뿐만 아니야. 프랑스의 P자동차에서도 월 삼천 개의 주문이 들어왔다."

형진이는 잠시 생각하더니 말했다.

"그렇다면 월 이만 개를 생산해야 하지 않냐? 그래 보았자 돈으로 환산하면 얼마나 되냐?"

진수가 완전 질린 표정으로 고개를 절fp절레 내저었다.

"야. 인마, 돈타령 좀 그만해라. 그래도 이만개면 돈이 사백억이야. 월 매출 사백억이 적은 것이냐?"

"알았다, 알았어. 그런데 G제약회사는 어떻게 되어가고 있냐?"

진수가 얼굴에 장난기를 지우고 진행 중인 상황에 대하여 입을 열었다.

"급히 인수팀을 짜고 G회사와 타협중이다. 우리는 주당 18만원을 이야기했고, 상대편은 20만원을 주장 하고 있어."

"그럼 지금 양측이 줄다리기를 하고 있는 것이야?"

"응! 그런 셈이지."

"그런데 그 회사를 인수하려면 재무에 아주 밝은 사람이

있어야 하지 않겠냐?”

“우리 회사에도 그런 사람은 있어. 그리고 송 사장님이 기업을 몇 번 인수한 경험이 있다고 하셨어. 그러니 기술적인 문제는 해결된 셈이다.”

진수의 말을 들어보니 이미 상당부분 진척이 된 것 같았다.

“너는 그 회사가 그렇게 마음에 드냐?”

“뭐… 마음에 꼭 든다기 보다는 이렇게 좋은 회사가 시장에 나오기가 그만큼 어려운 일이지. 그리고 잘만 하면 제약회사를 크게 발전시킬 수도 있어.”

형진은 이 일이 좋은 것인지, 아니면 나쁜 것인지 아직은 알 수가 없었다.

“허! 거참, 네 덕분에 벌써부터 팔자에도 없는 자회사를 갖게 되었네.”

“인마. 너도 재벌이 되기를 원했던 것이 아니냐?”

“어! 그것은 아니다. 내가 원하는 것은 세계에서 제일 큰 기업을 갖고 싶은 것이다. 물론 이익이 제일 많이 나는 회사로 말이다.”

형진의 꼭 다물린 입술이 그의 고집이 쉽게 변하지 않을 것임을 반증하고 있었다.

“세계에서 제일이라고? 너는 도대체 그런 회사를 왜 갖고 싶은 것이냐.”

"왜냐고? 지금은 그냥 성취욕이라고 해두자. 사실 그렇게 따지고 나오면 당장은 딱히 할 말이 없어. 그냥 무조건 세계에서 제일 큰 회사를 갖고 싶을 뿐이다."

결국 아직은 형진이 자신의 속내를 털어놓을 입장이 아니라는 말이었다.

"아이고! 내가 너하고 무슨 이야길 하겠냐?"

잠시 숨을 돌린 진수가 갑자기 언성을 높이기 시작했다.

"그런데 한국이 중국의 협박에 그만 굴복하고 말았다. 시팔! 우리가 낸 세금은 다 갖다가 무엇을 하고 중국 놈들에게 쩔쩔 매는 거야?"

"야. 너는 무는 말을 그렇게 하냐? 그게 어디 쩔쩔 맨 것이야? 양쪽 해군이 그냥 기 싸움하다가 정치적으로 타협하자고 물러선 것이지."

그러나 진수는 그렇게 물렁하게 생각하지 않았다.

"인마, 타협은 무슨 얼어 죽을 타협이야. 이어도에서 북쪽으로 40키로면 당연히 우리나라 영토지. 내 땅에서 내 자원을 퍼 쓰겠다는데 중국 놈들이 도대체 왜 간섭이야? 그래 내 땅을 가지고 중국과 타협을 해야 하겠냐?"

힘이 지배하는 국제관계에서 그만큼 아직은 대한민국이 밀리고 있다는 반증이었다.

국가의 국방력이나 경제력이 상대적으로 약할 경우 이해 당사국과의 분쟁이 발생할 경우 불가피하게 물러설 수밖

에 없는 것이 현실이었다.

그렇지만 대부분의 사람들은 이러한 것들을 머리로는 인정하지만 가슴으로는 인정하지 못한다. 더군다나 그 일이 자신과 직접적인 관련이 있을 때에는 흥분의 정도를 높이는 것이 보통이다.

그렇지만 그런 방법으로는 결코 문제점을 해결할 수 없다.

"야. 인마, 그것은 네 생각이지. 중국 측의 주장은 달라. 그들은 그들 나름대로 근거를 갖고 그곳이 자기들의 경제수역이라고 주장하고 있는 거야."

"글쎄… 그곳이 어째서 중국의 경제수역이야? 아무리 무식한 놈들이지만 우길 걸 우겨야지."

"중국이 그전부터 그런 주장을 한적 있었어. 그리고 그런 일이 어디 우리나라에만 국한된 일이냐? 그러니 어찌되었든 외교적으로 잘 설득을 해야지."

"그것이 외교적으로 잘 설득이 되겠니? 더군다나 중국을 상대로, 그 녀석들은 남의 나라 역사도 자기 역사라고 주장하는 놈들이 아니냐. 다 필요 없고 그냥 힘으로 밀어붙여야 해."

형진이 차가운 표정으로 진수를 바라봤다.

당장 중국을 힘으로 밀어 부칠 여건이 되는가?

중국은 고사하고 주변국의 따가운 눈초리를 감당할 자신

은 있는가?

힘이 없고, 능력이 안 되면 때로는 수치와 모욕을 감수할 수밖에 없는 것이다. 그래서 형진은 이를 악물고 회사의 발전에 최선을 다하고 있는 것이다.

"아니! 석유 몇 방울 때문에 지금 전쟁이라도 해야 한다는 것이야?"

"석유 몇 방울이라니? 현 시가로 이백억 달러가 넘는 돈이야. 그리고 돈 문제를 떠나서도 우리나라에서도 석유 좀 펑펑 나와야 하는 것 아니냐?"

그런 답답함이 누구의 가슴 속엔들 없으랴.

"그런데 중국 놈들이 군함 몇 척을 끌고 와서 협박한다고 머리를 팍 쑤셔 박냐? 이거 우리나라의 자존심이 걸린 문제야."

형진인들 속이 좋을 수가 없었다.

이미 오랜 과거로부터 이어온 악습과 치욕의 역사를 가능하다면 다시 쓰고 싶은 것이 솔직한 심정이었다.

그렇지만 원한다고 다 이루어지는 것은 아니다.

원하는 것을 이루기 위해서는 그만큼의 희생과 노력이 반드시 동반되어야 한다.

"진수야. 네 말을 들으니 나도 사실은 무척 열 받는다. 그렇지만 우리 해군이 중국 해군이 겁이 나서 물러간 것이 아니고, 정부에서 물러나라 해서 물러간 것이야. 그러니

엉뚱하게 우리 해군을 욕하지는 마라."

"이것은 무조건 치욕적인 일이야. 이유 불문하고 무조건 석유를 파내야 해."

"야. 답답한 소리 좀 그만 해라. 땅속에 있는 석유가 어디 가는 것도 아닌데 무엇 때문에 그렇게 서둘러. 외교적으로 천천히 해결해도 되는 거야."

"외교적이라고? 흥! 천년을 기다려 봐라. 그게 쉽게 해결 되냐? 그저 미친개에겐 몽둥이가 딱 약인데……."

형진은 어이가 없는 듯 피씩 웃으며 진수를 바라봤다.

"이봐 진수야, 그런 것은 정부가 알아서 하게하고 우리는 일단 우리 일이나 잘 하자고."

"그래, 우리가 당장 할 일이 무엇인데?"

"핸드폰전지 주문량이 하루 생산량 65만개를 넘어 섰어. 지금 공장 5개가 이부제로 운영하고 제 6공장은 삼부제로 운영하는 형편이다. 이거는 문제가 심각 하다고……."

각 라인이 한 치의 여유도 없이 빡빡하게 운영이 되고 있는 것이다.

그렇기 때문에 만약 무슨 사고가 생기거나 갑자기 주문이 밀려들어오면 다소 곤란한 지경에 처하게 되는 것이다.

"이부제 운영… 이거 일하는 사람들에게도 많은 부담을 준다고. 그러고 운영상 문제도 많고. 이 문제를 해결하기 위해서 아파트형 공장이 빨리 완공되어야 해. 그리고 가건물로 지은 처음의 공장들은 모두 헐어 버리자고."

"그 문제는 나도 생각하고 있었는데, 가건물 공장은 이번에도 헐어버릴 수 없을 것 같아. 아파트형 공장이 완공되어도 당장은 자동차형 전지와 노트북형 전지를 생산할 공장이 없어. 그러니 제3아파트형 공장을 추가로 더 짓자고. 그러나 핸드폰 전지는 한계에 다다라서 더 이상 주문이 안 들어오지는 않을 것 같다."

"그렇지 않아. 나는 조만간 핸드폰용 전지가 70만 개를 돌파하리라고 본다. 그러니 제3 공장을 최대한 빨리 지어야 해."

"그럼 서둘러서 공장을 짓도록 하자. 네가 건설 회사를 물색 해봐."

"알았어. 그럼 즉시 시작하겠다."

"그런데 G제약사를 인수하면 운영을 맡길 사장을 누구로 정할거야?"

그러자 진수가 진지한 표정으로 형진을 바라보면서 천천히 입을 열었다.

"그 회사는 내가 직접 맡을 작정이야."

"네가? 그럼 이곳은 어떻게 하고? 너는 조금 있으면 이 회사의 사장직을 맡아야 하잖아?"

물론 그렇긴 하지만 진수는 제약회사 인수건이 나올 때

부터 스스로 계획한 바가 있었다.

"내가 한 삼년간 G제약사를 맡아서 경영해 볼게. 그동안 G제약사에 좀 더 투자해서 보다 더 큰 제약회사로 만들 생각이다."

진수가 확고한 의지를 드러내자 형진은 한발 물러섰다.

"그럼 여기 전무는 누가 맡아야 해?"

"홍지창 총무부장이 쓸 만하던데, 그 사람을 전무로 승진 시키도록 해."

"알았다. 그럼 그렇게 하도록 하자."

신제품을 위한 실험

며칠이 지나자 형진이는 G제약사를 주당 18만 원을 주고 사들였다.

이때 지불한 돈은 천팔백억이나 되었다. 진수는 즉시 G제약회사의 사장으로 부임했다.

진수가 떠나자 형진이는 자리가 텅 빈 것 같이 영 허전하였다. 형진이는 G제약사를 인수한 것을 은근히 후회하고 있었다.

진수가 떠난 지 며칠 후 제 3공장을 건축하기 시작하였다.

지금 고양 땅에 있는 공장은 대단히 어수선하다. 제1아파트 공장은 이미 완공되어 잘 굴러가고 있었지만, 제2아파트공장과 제3아파트공장을 짓는 중이었다.

또 가건물이 두 개가 있었다.

형진이는 이런 이유로 G제약사를 인수한 것을 꺼린 것이다. 그로서는 미리내를 확실하게 자리를 잡아 놓고 다른 곳으로 시선을 돌리고 싶었다.

그렇지만 진수가 그토록 원하고 제약회사를 통해서 자신이 뭔가 하고 싶은 일이 있는 것 같아 반대를 할 수가 없었다.

3월 말이 되니 새로 부임한 전무 홍지창이 들어와 보고했다.

"회장님. 고양에 제2아파트형 공장이 완공되었습니다."

"그럼 즉시 기계를 설치하도록 하십시오. 언제까지 공장을 이부제로 운영할 수는 없지 않습니까. 빨리 완공하여 모든 사람을 조금아니마 편안하게 해주어야지요."

"핸드폰 전지가 지금 들어온 주문이 하루 생산 칠십만 개나 됩니다. 제2아파트형 공장이 완공되어도 연장조업을 하지 않으면 주문에 대한 수효를 충당할 수가 없습니다."

때문에 홍 전무의 표정은 사뭇 굳어있었다.

"그것은 나도 잘 알고 있습니다. 그런데 자동차 전지는 지금 몇 개나 생산하고 있습니까?"

"모두 14개 자동차 회사에서 들어온 주문이 월 오만개 정도입니다."

"우리 공장에서 자동차용 전지를 몇 개까지 생산할 수 있습니까?"

"한 달에 25만 개 정도를 생산할 수 있습니다."

자동차 전지의 생산에는 아직까지는 여유가 있는 상황이었다.

"그럼 설계팀에게 말해서 서둘러서 공장을 완공하라고 하십시오."

"그럼 그렇게 지시하겠습니다. 그리고 영업부장을 세계 각국에 있는 자동차 회사에 방문하게 했으면 좋겠습니다."

능동적이고 적극적인 자세를 보이는 홍 전무를 보면서 형진은 마음이 흐뭇했다.

"그거 좋은 생각입니다. 그럼 그렇게 하십시오. 그런데 우리나라 H자동차에서 만든 전기차는 지금 잘 나가고 있답니까?"

그러자 홍 전무는 갑자기 얼굴에 화색이 돌면서 말했다.

"전기 자동차가 처음 예상과는 달리 소비자에게 매우 각광을 받고 있습니다. 또 전기차를 구입하여 타본 사람들의 호응도 대단히 높습니다. 이차는 승차감도 좋을 뿐 아니라 출력도 뛰어나 가솔린 차와 별반 차이가 없다고 합니다."

홍 전무는 신이 나서 전기차에 대한 설명을 이어갔다.

"거기에다 유지비가 15%정도 싸게 들었다고 합니다. 무공해 차에다가 성능 또한 뛰어나니 사람들이 많은 관심을 갖는 것은 당연한 일이지요. 지금 우리나라 H자동차와 N자동차는 주문이 밀려 미처 주문량을 제대로 생산하지 못하는 실정이라 합니다."

친환경적이고 무엇보다 유지비가 적게 든다는 점이 소비자들에게 부각되어 급격한 수요로 나타나고 있었다.

"거기에다가 외국에서도 주문이 밀려드는 형편이랍니다. 그래서 두 회사에서는 생산시설을 부랴부랴 늘리고 있다고 합니다. 외국 자동차회사는 아직 어떤지 모르겠습니다만, 그곳 형편도 우리와 크게 다르지는 않을 것입니다."

형진이는 이 말을 듣자 만족하여 머리를 끄덕였다.

자동차 전지의 매출이 핸드폰 전지만큼만 된다면 더 바랄 것이 없었다.

홍 전무가 나가자 형진이는 창문으로 가서 창문을 통해 먼 미래를 내다보며 빙긋이 웃었다.

6월이 되자 제2아파트형 공장의 기계시설이 완공되었다.

공장이 완공되자 핸드폰 전지생산은 이부제가 모두 폐지되었다. 이제 전 직원은 이부제로 일을 하지 않게 되어 무

두가 좋아했다.

핸드폰 전지 주문이 칠십만 개를 돌파하자, 주문은 더 이상 늘어나지 않았다. 그러나 자동차 전지의 주문은 꾸준히 늘어났다.

지금은 자동차 전지의 생산이 월 팔만 개를 돌파했다. 그리고 아이패드와 노트북에 사용하는 전지도 일일 칠만 개를 돌파하여 공장이 더 필요할 지경이었다.

형진이가 책상에서 서류를 훑어보고 있는데 경호가 들어왔다.

형진이는 경호를 보자 의자에서 일어나 손을 잡으며 말했다.

제약회사의 운영을 맡아 떠난 진수는 뭐가 그리 바쁜지 좀처럼 얼굴을 보기가 쉽지 않았다. 그래서 경호가 찾아오자 더욱 반가운 마음이 든 것이다.

"야. 오래 간만이다."

"하하, 연구소에서 여기를 오기가 쉽잖아. 별로 먼 거리도 아닌데……."

형진이는 경호를 소파로 안내하면서 말했다.

"공장은 어때?"

"제2아파트형 공장이 완공되어서 좀 나아 졌지만, 제3아파트형 공장을 짓고 있어서 아직은 좀 어수선해."

"제3아파트형 공장도 이제 곧 완공이 될 터인데……."

"빨리 제3아파트형 공장이 완공되고 가건물 공장이 철거 되어야 어수선한 것이 없어 질것이야. 그리고 이 공장이 완공되어도 내 생각에는 공장이 부족할 것 같은데… 제4아파트형 공장도 바로 지어야 하는 것 아니냐?"

남들이 보기에는 행복한 고민들이었다.

경기가 좋지 않아서 일거리가 없어 쉬고 있는 생산시설들이 많은 편인데, 넘치는 일거리로 인해 수시로 공장을 증설하는 것에 대한 고민을 하고 있으니, 얼마나 행복한 고민인가.

"나도 그 문제를 생각 했는데, 아무래도 가건물로 지은 공장을 철거해야 그곳에 공장을 세울 수 있을 것 같아."

"그럼 내년까지는 어수선한 것을 당장은 피할 수 없겠네?"

"아마 그럴 것이야. 그런데 진수 이 녀석은 제약회사 사장으로 가더니 코빼기도 안보여."

"하하, 그동안 업무 파악하기 위하여 나름 바빴을 것이야. 그녀석이 보기보단 이외로 세심하거든."

아마 자신이 녀석을 보고 싶어 하는 것보다 녀석이 자신을 보고 싶어 하는 마음이 더 클지도 모른다.

"그래, 연구소는 잘 돌아가고 있는 것이냐?"

"모두들 죽어라고 열심히 하고 있다."

말을 멈춘 경호가 잠시 머뭇거렸다.

형진은 바쁜 경호가 그냥 오지 않았음을 짐작했기에 편안한 미소로 경호의 말을 기다렸다.

"그런데 내가 널 찾아온 이유는 한상진이 때문이다."

"왜? 그 친구에게 무슨 다른 문제라도 생긴 거냐?"

"얼마 전에 한상진이가 우리 연구소에 왔다갔거든. 그가 말하길 자기가 잘 아는 교수가 고압의 압력을 발생시키는 방법을 연구하고 있다고 했어."

형진이는 자세를 바라하고 앉아 경호의 말에 집중을 했다.

"세상에 있는 대부분의 물체는 일천만 기압의 압력을 가하면 금속으로 변하거든. 그래서 그분이 압력에 대하여 연구하신 것이야. 그런데 이론적으론 어느 정도 확립이 되었는데, 정작 실험을 할 수 없다는 것이야. 만약 이것이 성공하여 대량 생산할 수 있다면 인류문명이 크게 달라진 다는 것이다."

"아니, 그런 중요한 일인데 왜 실험을 할 수 없다는 것이냐?"

경호가 좀 미안한 듯 형진의 시선을 피하면서 대답을 했다.

"사실은 그 실험비라는 것이 너무나 엄청 나거든……."

"아니, 도대체 얼마나 들기에 그래?"

경호는 바로 대답하기가 곤란했는지 잠시 망설였다.

"최소한 이~ 삼천억은 가져야 한다고 하더라고."

형진은 놀라서 잠시 동안 아무 말도 하지 못했다.

그 정도의 비용이 소요된다면 국가가 주도하지 않는 한, 일반 기업이나 개인으로서는 감당키 곤란한 부분임이 틀림없었다.

"그래! 그렇게 막대한 돈이 드는가? 그런데 그것으로 도대체 무엇을 만들 수 있다는 것이냐."

"내가 어제 그 교수님을 직접 만나 보았거든. 그런데 그분은 물에 일천만 기압만 가하면 새로운 금속을 얻을 수 있다고 했어."

잘 이해가 되지 않는 일이었다.

그렇지만 과학자들은 뭔가를 발명해내기 위해 몇 십 년을 외골수 연구인생을 사는 사람들도 많았다. 물론 그 중에 성공을 해서 빛을 듬뿍 받는 사람들도 있지만, 그렇지 않은 경우도 허다했다.

"그 금속은 비중이 일 정도밖에 안 되지만, 철보다 더 질기고 강할 것이라 했어. 더욱이 투명한 금속인데다가 녹 같은 것도 쓸지 않는다고 했어. 만약 이것을 대량 생산하게 된다면 분명히 큰돈이 될 것이다."

"그렇다면 대 기업에다 지원을 요청하면 될 것 아니야?"

"그 교수님은 당연히 우리나라 대 기업들에게 지원을 요청했지. 그러나 아무도 이에 응하려 하지 않았다고 하더

군. 그뿐만 아니라 어떤 곳에서는 아예 미친 사람 취급을 했다 하더군."

그럴 수밖에 없었을 것이다.

누군들 그런 말을 쉽게 믿을 수 없기 때문이다.

뛰어난 천재성을 가진 과학자들의 연구 결과물이 때론 현실에서 외면 받는 경우도 허다하기 때문이다.

"그런데 너는 그것이 정말 가능하다고 믿는 것이냐?"

형진은 그 부분이 중요했다.

잘못된 실험으로 범인이 쉽게 상상할 수 없는 그런 큰돈을 날리는 것은 사양하고 싶었기 때문이다.

"글쎄… 나야 그쪽으로는 아는 것이 별로 없거든. 다만 모든 물체에 일천만 기압의 압력을 가하면 금속으로 변한다는 것은 알고 있었어. 그분의 말로는 원리가 마치 블랙홀과 비슷하다고 했어."

새로운 제안은 기회가 될 수 있었다.

물론 밝은 문을 열고 들어가는 것인지, 아니면 낭떠러지만 있는 계단의 문을 열고 들어가는 것인지는 문을 열기 전에는 알 수 없었다.

형진은 궁금한 점을 차분하게 묻기 시작했다.

"그분은 어떤 분이야?"

"N공과대학에서 금속공학과의 교수를 맡고 있는 분이다. 그분 말로는 그것에 대한 연구를 십 년이상 했다고 하시더라. 그리고 지금 여덟 명의 대학원생과 집중적으로 연구 중이라고 했어."

"네가 보니 믿을 만한 분이야?"

"글쎄. 내가 보기엔 전형적인 학자 타입이야. 그분의 신분을 보나 말을 들어 보아서는 허튼소리를 할 분은 아닌 것 같아."

형진은 한동안 천장을 보고 생각하더니 물었다.

"블랙홀이라고? 그거 위험한 것 아니야?"

"블랙홀이 아니고 블랙홀과 비슷하다는 것이야. 그분은 전혀 위험하지 않다고 하셨어."

형진이 그윽한 눈빛으로 경호를 응시했다.

"너는 우리가 이 실험을 꼭 해야 한다고 생각하니?"

"하하, 그것은 전적으로 회장인 네가 결정할 문제야. 만약 실패하면 수천억이란 돈이 날아가는 것이니 상당히 위험성이 내포된 실험이지."

"그분은 이 실험이 성공할 가능성이 얼마나 있다고 하였냐?"

"실패할 가능성은 거의 없다고 했어. 그렇지만 실험이라는 것은 다 그런 것이야. 실패할 것 같은 실험을 누가 하겠어? 그러나 이론적으로 정립이 되었다면 크고 작은 많은 실패가 있겠지만 결국엔 성공하게 되는 것이지."

"그럼 성공할 가능성이 많다는 이야기인가?"

경호는 대답에 신중할 수밖에 없었다.

자칫 수천억 원이 공중으로 날아가 버릴 수도 있는 상황이었다. 물론 결정은 형진이 직접 하겠지만, 자신은 형진의 결정을 돕도록 모든 정보를 정확하고 공정하게 꺼내놓아야 했다.

"아니, 내 입장에선 그렇게 속단할 수는 없지. 정말 이론적으로 잘 확립되어 있다면 시간이 얼마나 걸릴지 몰라도 성공할 가능성이 많다는 이야기지."

"그렇다면 이론적 확립이라는 것이 잘못되었을 가능성도 있다는 말인가?"

경호는 머리를 끄덕였다. 형진이는 그런 경호를 물끄러미 쳐다보더니 말했다.

"네가 이 문제를 나에게 가져온 정확한 이유가 무엇이냐?"

경호는 진지한 표정으로 입을 열었다.

"사실 한상진이가 이 문제를 가져 왔을 때, 나도 다른 사람처럼 한쪽 귀로 듣고 다른 쪽 귀로 흘려보내고 싶었어. 그런데 말을 하는 한상진이가 너무나 진지했어. 솔직히 그래서 그냥 웃어 넘겨 버릴 수가 없었다."

"흠! 계속해봐."

"그리고 이 문제라는 게 그렇다. 연구라는 것이 항상 성공할 수는 없다. 그러나 대부분의 연구는 부지런히 하면 결국은 성공했다. 그렇다고 성공한 것이 꼭 산업화 할 수 있는 것은 아니다."

"당연하지. 모든 연구가 성공을 한다면 우리가 살고 있는 세상이 지금 같지 않고 많이 바뀌어 있겠지."

인간의 생활 형태는 지금과는 확연하게 다른 모습을 보이고 있을 것이 분명했다.

그렇지만 뜻한 바를 모두 성공할 수는 없는 것이다. 만약 그런 것들이 가능해진다면 이 세상에 고민과 좌절과 비통함은 존재하지 않게 될 것이다.

그런 것이 없는 삶이 일견 좋고 행복해보일지 모르지만, 인간이란 늘 긴장의 반복으로 인해 살아가는 것이, 퇴보하지 않고 앞으로 나갈 수 있는 유일한 방법일지도 모른다.

경호의 말이 계속되었다.

"매년 수 없이 많은 연구가 성공하지만, 그것이 상품화되어서 성공한 경우는 매우 희박하다. 이 문제도 그래. 유 박사가 반드시 실험에 성공할 수 있다고 속단할 수는 없다. 그리고 실험에 성공해도 그것이 기업화 하는데 성공한다는 보장 또한 없다."

실험에 성공한 것을 상품화하기까지의 과정 또한 만만치 않은 것이기 때문이다.

"그러나 이것이 매우 색다른 연구임에는 틀림없다. 만약 이 실험이 성공해서 산업화되어 투명한 금속을 대량 생산

하고, 그것이 각 산업에 많이 사용될 수 있다면, 우리 회사가 네가 바라던 세계 제일의 기업이 될 수도 있을 것이다."

그 반대의 경우에는 실험 등에 투입된 돈이 공기중으로 사라져 버릴 것이다.

"그리고 지금 우리 회사의 형편으로는 몇 천억이 없어 진다하여도 크게 문제될 것은 없다고 생각한다. 나는 이 문제를 깊이 생각하다가 이것은 결국 네가 직접 결정하는 게 좋다고 생각했다."

형진의 이마에 주름이 늘어났다.

"이것이 너에게 복이 될 수도 있고, 또는 화가 될 수도 있다. 설혹 화가 된다 하여도 ,몇 천억 날려 보내는 것이고 복이 된다면 네 소원을 성취하는 것이다. 화가 되던 복이 되던, 네가 직접 결정을 해라."

형진이는 잠시 생각하더니 말했다.

"내가 며칠 생각해보고 결정을 할게. 너도 그 문제에 대하여 좀 더 깊게 생각해 보아라. 그래도 공대생인 네가 나보다는 낮지 않겠니?"

"알았어. 결정되면 나에게 바로 연락해."

형진이는 경호가 나가자 이 문제에 대하여 깊이 생각했다.

그도 기업을 시작해서 성공하는 것이 얼마나 힘든지 주

위 사람들로부터 들어서 안다.

자신의 경우는 큰 행운이라 할 수 있다.

그가 생각하기에 전지산업은 내년이면 한계에 도달할 것 같았다. 내년까지 잘해야 매출 십조 정도 일 것이다.

물론 이것은 대단히 큰돈이다.

그러나 지금 그의 야심은 돈을 벌어 스스로만 잘 먹고 잘 살자는 것이 아니다. 형진은 정말로 세계에서 가장 큰 기업체를 가지고 싶은 것이다.

그러나 그것은 어디까지나 욕심이지, 당장은 그렇게 될 아무런 여건도 갖추지 못하였다.

이 전지가 정상에 도달했다 하여도 한국의 많은 대기업 중 하나가 되는 것으로 끝날 것이다.

적어도 세계적인 기업가가 되려면 이 전지만 가지고서는 안 된다. 그러나 이 전지 말고 다른 아이디어가 자신에겐 준비된 것이 전혀 없었다.

또 다른 업종으로 진출한다 하여도 이미 모든 업종에 확고한 기득권을 움켜쥔 거대한 기업들이 자리 잡고 있었다.

그 기업들과 싸워서 그 기업이 가진 영역을 빼앗는 다는 것은 사실상 거의 불가능하다.

그렇다면 자기는 남들이 하지 아니한 비상한 방법을 동원해야 하지 않을까?

이미 세상에 자리 잡고 있는 업종에 손을 대어서는 절대

로 승산이 없다. 형진이는 이런 문제를 생각하면서 사무실 안을 왔다 갔다 했다.

그는 항상 주변사람들에게 미리내를 세계에서 가장 큰 기업체를 만들겠다고 큰 소리를 쳤다.

그러나 자신에겐 그럴 만한 복안(腹案)이 없었다.

정말 이 미리내를 거대한 기업으로 만들려면 그럴듯한 비전이 있어야 했다.

그는 투명 금속에 대하여 생각해봤다. 경호의 말마따나 실험비 이삼천억을 날린다 하여도, 자신은 큰 타격을 입지 않는다.

그런데 아무리 생각해도 투명금속이란 게 너무나 허황되어 보였다.

물을 어떻게 금속으로 만들 수 있는가?

또 무엇으로 일천만 기압의 압력을 가할 수 있단 말인가?

참말로 불가능에 도전한다는 것이 지혜로운 일인가, 아니면 어리석은 일인가?

다른 기업체라고 생각을 할 줄 몰라서 유 박사의 실험을 거절 하였겠는가?

남들이 다 일고의 가치도 없다고 생각하는 것에 내가 굳이 매달려야 하는가?

형진이는 자기도 모르게 사무실 안을 빠른 걸음으로 맴

돌고 있었다.

그는 문득 창문 앞에 서서 먼 하늘을 바라봤다. 하늘엔 구름 한 점 없이 맑았다.

그는 창문을 열고 크게 심호흡을 했다.

'내가 돈 이삼천억 원이 두려워 이렇게 망설이는 것인가? 남들이 다 하는 방법으로 어떻게 성공할 수 있는가? 정말 세계 제일의 기업가가 되려면 미친 짓이라도 해야 하는 것 아닌가? 유 박사가 십 년을 연구했다고 하는데, 바보라 할지라도 십 년간이면 되고 안 되고는 알 것이다.'

형진의 머릿속에는 수많은 갈등과 번민이 자리하고 있었다.

"더욱이 대학 교수에다가 박사 학위까지 가진 사람이 십 년간을 연구해서 가능하다 자신한다면 믿어주어야 하는 것이 아닌가? 유 박사가 미친 짓을 하는데, 나라고 못할 이유가 있는가?"

형진이는 갑자기 유 박사라는 사람을 만나보고 싶었다.

도대체 그는 어떤 사람일까?

형진이가 책상 앞에서 깊은 생각에 잠겨 있는데, 노크소리의 뒤를 이어 경호가 들어왔다. 형진이는 의자에서 일어나며 말했다.

"어째 혼자서 오냐?"

"유 박사님께서 직접 이곳으로 찾아온다고 했어. 아마 곧 오실 것이야."

경호는 벽시계를 올려다보며 말했다. 시계를 보니 오후 한시 반이었다.

"몇 시에 오신다고 했냐?"

"두 시에 오신다고 했어."

"그럼 시간이 좀 있군. 자 우리 앉아서 차나 마시자."

두 사람은 소파에 가서 마주 앉았다. 형진이 먼저 입을 열었다.

"그동안 투명금속에 대하여 생각해 보았냐?"

"글쎄… 내가 아무리 생각해도 그쪽에 대해 뭐 아는 것이 있어야지."

"유 박사는 어떤 사람이야? 그가 주변 사람들에게 받고 있는 신망이 어느 정도냐."

"한상진이 말로는 학생들이 유 박사를 매우 따른다고 하더군. 그리고 성품이 매우 차분한 분이라 농담도 잘 안한다고 하고. 내가 보기에도 그저 전형적인 학자 타입이야. 그런데 유 박사님의 연구로 인하여 동료들 사이에서는 완전 괴짜로 통한다더군."

형진이는 아무 말 없이 생각에 잠겨 있었다. 이 모습을 본 경호가 조심스럽게 물었다.

"정말 한번 해보려고?"

형진이 입가에 살며시 미소를 머금고 입을 열었다.

"아직은 아무것도 결정하지 않았어. 일단 유 박사를 만나보고 결정할 것이야."

이때 여비서가 문을 열고 들어오더니 말했다.

"저… 유 박사라는 분이 찾아오셨는데요."

경호가 벌떡 일어나면서 말했다.

"어서 모시고 들어와요."

경호는 문 앞까지 가서 직접 유 박사를 맞이했다.

"박사님, 어서 오십시오."

형진이가 유 박사를 보니 중키에 좀 마른 체형이었다. 이때 경호가 나서서 말했다.

"인사드려라. 내가 말한 유 박사님이셔."

형진이 공손하게 인사를 했다.

"처음 뵙겠습니다."

"아! 회장님이신가요? 만나 뵙게 되어 무척 반갑습니다."

인사가 끝나자 세 사람은 소파에 앉았다.

형진이가 유 박사를 살펴보니 계란형의 얼굴인데 매우 지적으로 생겼다. 그런데 그 눈동자가 차갑게 착 가라앉은 것이 매우 냉철하게 보였다.

그 눈만 보아도 허튼짓을 하고 다닐 사람으론 안 보였다.

형진이는 모든 형식을 배제하고 바로 본론으로 들어

갔다.

"그동안 투명 금속을 연구 하셨다고요?"

바로 본론을 치고 들어오는 형진을 미소가 담긴 시선으로 바라보며 유 박사가 입을 열었다.

"투명 금속이라기보다는, 고회전 자장 압축 장치이지요. 쉽게 말씀드려서 인위적인 인력을 유발하여 고압의 압력을 얻어내는 장치입니다."

"그 장치가 블랙홀과 비슷하다고 들었습니다."

"아직 실험을 못해 보았지만, 그 원리가 블랙홀과 비슷합니다."

형진이 유 박사의 눈을 직시하면서 물었다.

"박사님이 생각하시기에 그 실험의 성공 가능성이 얼마나 됩니까?"

유 박사도 형진의 시선을 묵묵히 받아내면서 대답을 했다.

"물론 나로서는 성공 가능성이 매우 높다고 생각하고 있습니다. 그러나 내 이론을 들은 제 삼자들은 이해조차 못하는 것 같았습니다. 그러니 그분들은 내가 하고자 하는 실험에 많은 회의를 가지고 있는 것이 사실입니다."

"지금의 연구를 진행하시는데 십 년 이상 되었다고요?"

유 박사의 시선이 잠깐 동안 과거를 유영하다 되돌아왔다.

"사실은 이것에 대한 발상은 이십 년 전부터 가지고 있었습니다. 그러나 본격적인 연구는 십일 년 전부터 시작했었습니다. 그리고 이 년 전부터 대학원생들과 이 실험에 필요한 기계에 대하여 설계를 시작했지요."

유 박사는 잠시 찻잔을 들어 목을 축였다.

"이 기계의 이름을 블랙홀이라 지은 것이지요. 사람들은 이 이름을 듣고 내가 정말 블랙홀을 연구하는 줄 알고 있습니다."

"그럼 설계는 완성되었습니까?"

"설계는 이미 넉 달 전에 완성했습니다."

유 박사의 대답은 나름 자신에 차 있는 모습이었다.

"그럼 언제든지 실험에 착수할 수 있겠군요?"

"그렇습니다. 여건만 갖춰진다면 즉시 착수할 수 있습니다."

"그렇다면 실험기기가 완성되려면 시일이 얼마나 걸립니까?"

"일 년에서 일 년 반은 걸릴 것입니다. 그 부품들을 세계 각지에서 사들여야하고, 일부는 국내에서 제작해야 합니다. 그래서 시간이 좀 걸릴 것입니다."

"그 비용이 꽤 많이 들어갈 것이라고 하였는데, 박사님이 생각하시기에 얼마나 들어야 합니까?"

형진의 질문에 자신 있게 대답하던 유 박사가 돈에 대한

질문이 나오자, 잠시 망설이는 듯하더니 대답을 했다.

"이 천억에서 삼 천억은 들어야 합니다."

"박사님을 도울 수 있는 연구진은 준비가 되어 있습니까?"

"지금 내 제자 여섯 명이 적극적으로 돕고 있습니다. 그러나 이 실험을 진행하려면 보다 많은 연구원이 필요합니다."

하긴 간단한 실험이 아니므로 소요되는 자금 또한 천문학적인 규모지만, 인력 또한 많이 소요될 곳은 분명한 일이었다.

"물을 금속으로 만든다는 것이 정말로 가능 합니까?"

사실 형진은 이 부분을 가지고 많은 고민을 해봤지만 잘 이해가 되지 않았다. 그래서 연구한 본인의 입을 통해 직접 자신의 궁금증을 해결하고 싶었다.

"물뿐만 아니라, 세상에 있는 대부분의 물체를 금속으로 만들 수 있습니다. 그러나 이것은 학자들의 이론이지, 실제로는 실험해 보지 못한 것입니다."

"만약 물이 금속으로 변한다면 인간들에게 좋은 점이 무엇입니까?"

"우선 투명하니 유리 대용으로 쓸 수 있습니다. 또 녹이 안 쓸고 비중이 적으니 항공기의 재료로 쓸 수도 있고, 건축과 각종 기계에 사용할 수 있을 것입니다."

설명을 하는 유 박사의 눈빛이 단호하면서도 꿈길을 거니는 듯 느껴졌다.

"그 용도는 대단이 광범위하여 거의 무궁무진할 것입니다. 다만 이것을 얼마나 싸게 대량 생산할 수 있는가가 문제입니다. 이것이 성공한다면 물에 여러 가지 물질을 용해시켜 보다 많은 매우 다양한 금속들을 만들어 낼 수도 있을 것입니다."

형진은 잠시 아무 말도 없이 깊은 생각에 잠겼다.

경호와 유 박사는 그런 형진을 방해하지 않기 위해 조용히 앉아서 형진의 다음 말을 기다리고 있었다.

얼마의 시간이 지난 후 감겨 있던 형진의 눈이 떠졌다.

"그렇군요. 좋습니다. 우리 미리내에서 박사님의 제안을 받아들여서 실험하도록 하겠습니다."

유 박사가 환하게 웃었다.

마치 얼굴에서 빛이라도 나는 것만 같았다.

자리에서 일어난 유 박사가 형진의 손을 덥썩 움켜잡았다.

"감사합니다. 반드시 성공하여 회장님을 기쁘게 해 드리겠습니다."

유 박사가 자리에서 일어서자 경호가 회사 문 앞까지 배웅하고 들어왔다. 형진이는 경호를 보자 말했다.

"너는 연구를 해서 특허를 내본 경험이 있으니, 유 박사

와의 계약을 전무와 의논하여 차질 없게 진행해라. 만약 나중에 실험에 성공한 후 곤란한 일이 일어나지 않도록 세부적으로 따져서 잘 계약해야 한다.”

추후 분쟁의 소지가 될 만한 부분들을 일소하여 계약에 만전을 기하라는 말이었다.

“무슨 말인지 알겠어. 설마 그런 일이 일어나겠어? 그러나 피차 확실하게 해두는 것이 서로를 보다 신뢰할 수 있는 방법이기도 하지.”

“그럼 실수 없이 해주길 바란다.”

7월 달이 되자 제2아파트형 공장의 시설이 끝나자 가동에 들어갔다.

이번에 들어선 공장은 새로운 기계라 하루에 칠만 개 이상의 전지를 생산할 수 있었다.

지금 가동 중인 공장은 모두 12개인데, 그중 10개 공장은 핸드폰형 전지를 생산하는 공장이다.

그리고 한 개의 공장에서 자동차용 전지를 생산하고, 또 한 공장에서 노트북이나 아이패드용 전지를 생산하고 있었다.

제2아파트형 공장이 완공되자 삼교대까지 일하던 공장이 모두 정상근무를 하게 되었다.

지금 연구소 옆에는 블랙홀을 실험하기 위한 건물을 짓

고 있었다.

형진이는 제2아파트가 완공되어 가동에 들어가자 일단
은 한시름을 놓았다. 그러나 아직도 공장이 부족하여 맞춤
형 전지를 생산하지 못하고 있었다.

그리고 그동안 자동차 전지의 수효가 꾸준히 늘어나 월
십만 개를 돌파하였다.

형진이가 신문을 보니 사회 면에 미국 조지아주 서배너
에서 천연두가 발생하였다는 기사가 났다.

이 병을 옮기는 바이러스는 1977년 이후 지구상에서 사
라졌었다. 그런데 천연두가 사십 년 만에 다시 발생한 것
이다.

그런데 미국 의학계에서는 이 바이러스가 변형 바이러스
라서 기존의 천연두와는 다르다는 것이다. 이병은 치료를
받지 않으면 치사율이 거의 80%에 이르고, 치료를 받아도
치사율이 30%에 이른다 하였다.

그동안 천연두를 생화학무기로 사용될 것을 염려하여 백
신을 개발해 두었는데, 그 백신이 전혀 효력을 발생하지
못하였다는 것이다.

천연두는 감기와 같이 공기를 통하여 전염 되는데, 첫 증
상이 감기와 비슷하단다.

그리고 이 병은 환자의 기침을 통하여 전염되는 것이란

다. 지금 서배너에 확인된 환자만 백 명이 넘어섰다고 했다.

그런데 문제는 초기 증상이 삼십일 이상 지속되어서 환자가 많은 곳을 돌아다니며 병을 전염시킬 가능성이 무척 많다고 했다.

그래서 병이 잠복 중인 환자가 일만을 넘어 섰을 것이라는 조심스런 예측을 내놓고 있었다.

미국 의학계에서는 서둘러 백신을 연구 중이라고 발표하였다.

이 기사를 읽은 형진이는 마음이 섬뜩하였다.

병원에서 치료하여도 치사율이 30%라고 하니 이 얼마나 무서운 병인가.

더군다나 감기처럼 공기를 통하여 전염 된다면, 빠른 시일 안에 독감처럼 전 세계로 퍼져 나갈 것이 아닌가?

형진은 문득 이 병을 막아내려면 백신을 빨리 개발해야겠다고 생각했다.

그러자 진수가 사장으로 있는 G제약사가 생각났다.

이 회사에서는 현재 독감 백신과 폐렴 백신을 생산하고 있었다. 그러니 서둘러 연구한다면 천연두 백신을 만들 수도 있을 것이다.

생각이 여기에 다다르자 형진이는 바로 진수에게 전화를 걸었다.

"서 사장이냐?"

반가운 진수의 목소리가 핸드폰에서 들려왔다.

―어! 임 회장, 웬일이야?

"빨리 내 사무실로 와라. 너랑 급하게 할 얘기가 있다."

형진의 목소리에서 다급함을 느낀 것인지 진수는 군말하지 않았다.

―알았다. 곧 갈게.

신종 천연두와 백신

한 삼십 분쯤 지나니 진수가 들어왔다. 그는 들어오면서 큰소리로 외쳤다.

"회장님, 오래 간만이다."

"야. 무슨 인사가 그래? 회장님이라고 불렀으면 오래간 만입니다, 그래야지."

"내가 그랬나. 그나저나 무슨 일로 바쁘신 이 몸을 호출 한 것이야?"

두 사람은 소파에 마주 앉았다. 형진이는 신문을 내밀며 말했다.

"미국에서 천연두가 발생했다는 것을 알고 있었냐?"

"아! 나도 아침에 비서가 말해 주어서 보았어. 그거 전 세계로 퍼지면 정말로 큰일인데…."

"전 세계로 퍼지면 큰일이라니? 초기 증상 때엔 감기와 비슷하여 환자가 한 달 동안이나 돌아다닌다는데, 당연히 전 세계로 퍼져 나가지."

그러면서 형진이 혀를 찼다.

"아니, 그리고 제약회사 사장이라는 놈이 병이 퍼지면 안 된다는 말이나 하고 있으면 어떻게 하냐?"

"그럼 나더러 어떻게 하라고?"

"야! 정신 좀 차려. 당연히 우리도 서둘러서 백신을 개발해야지……?"

진수는 요즘 다른 것에 몰두해 있어서 미처 그 부분을 생각하지 못하고 있었다.

진수는 스스로의 머리를 치면서 말했다.

"아! 그렇지. 내 정신 좀 봐. 아직 그것도 생각하지 못하고 있었다니?"

"너네 회사에 연구원이 몇 명이나 되냐?"

"내가 부임했을 때 12명 이었어. 그러나 내가 사장이 되자마자 연구원을 삼십 이명으로 늘렸어."

잘한 일이었기에 형진은 흡족한 표정으로 고개를 끄덕이면서 다시 물었다.

"그러면 너희 회사에서 천연두 백신을 개발할 수 있지?"

"그야 당연하지. 그러나 백신이라는 것이 생각처럼 금방 개발되는 것은 아닐 것이다."

"그럼 오늘 부터라도 서둘러서 천연두 백신을 개발해라. 이왕 하는 것이라면 남보다 빨리 개발을 해야지."

"그 문제로 날 부른 것이냐?"

별일 아닌 것처럼 말을 하는 진수를 보면서 형진은 기가 막혔다.

"아니, 그럼 이게 작은 문제야? 만약 이병이 독감처럼 퍼져 나가면 전 세계가 뒤집어 진다고. 병원에서 치료해도 30%가 죽는다는데. 이것이 보통 일이냐?"

"알았다. 오늘 즉시 사람을 미국으로 보내서 병원균을 확보하도록 할게."

"그래 잘 생각했어. 가급적이면 빨리 서둘러서 백신을 개발해라."

진수가 나름 심각한 표정으로 입을 열었다.

"어쩌면 이 천연두가 우리 인류에게 큰 재앙이 될 수도 있다."

그러더니 갑자기 진수가 벌떡 일어나면서 말했다.

"얼른 가봐야겠다. 서둘러서 사람을 미국으로 파견해야 하겠어. 내가 오후에 봐서 한 번 더 올게."

그날 오후에 온다던 진수는 사 일이 지난 오후에서야

왔다.

형진이는 진수를 보자 먼저 입을 열었다.

"이봐. 병원균은 확보한 것이냐?"

"어. 그래, 간신히 확보했다."

"그래, 너네 연구진들은 뭐라고 그래?"

"밤샘을 해서라도 백신을 연구해 내겠다고 말했어."

형진은 백신이 하루라도 빨리 개발되어야 한다는 생각에 조급함을 감출 수가 없었다.

지금 이 순간에도 수많은 사람들이 병고로 괴로워하면서 죽어가고 있을 것이다.

그렇기 때문에 백신이 개발되어 많은 사람들의 고통을 덜어주고 혹시 자신도 감염될까봐 불안에 떠는 사람들에게 빠른 공급이 이루어 져야 한다고 생각하고 있었다.

"그런데 연구진에 과연 실력 있는 학자들은 좀 있는 것이냐?"

"야! 누가 하는 것인데… 내가 뛰어난 학자들로 연구진을 보강했어. 그리고 지금까지 하던 연구를 전면 중단하고 최우선적으로 천연두 백신을 먼저 개발하라고 했어."

진수도 사태의 심각성을 잘 이해하고 있는 것 같아서 형진은 다소나마 걱정을 내려놓을 수 있었다.

"그래, 잘했다."

"그런데 말이야. 미국은 이 병균을 발견한지 20일이 넘

었는데 아직도 백신을 개발하지 못한 것을 보니 그 일이 결코 쉽지는 않은 모양이다."

쉽고 간단한 일이라면 벌써 백신이 개발되었을 것이다.

"오늘 신문에 보니 벌써 미국 뉴욕과 LA에서도 환자가 발생 했다는데… 이 정도면 벌써 세계 각지로 퍼진 것 아닐까?"

"내가 오늘 직접 미국에 가서 병원균을 확보한 연구원에게 들으니 이 병의 잠복기가 사십일 이상이래. 병에 걸린 사람은 대략 십일이 지나야 감기 현상이 나타났다는 것이야. 그런데 감기 기운이 매우 미약해서 환자가 잘 느끼지 못한다고 하더라."

그렇다면 그 기간 동안 별 다른 의심이나 조심성 없이 일상생활을 하고 있다는 것이다.

"한 달쯤 지나야 환자 자신이 몸이 이상하다는 것을 느낀다는 것이야. 이때엔 이미 많은 사람을 감염시킨 뒤란 것이지. 지금 미국 전역에서 환자가 발생하고 있는데, 그 수가 삼천 명 이상이라고 하더라고. 사일 전에 백 명이었는데, 벌써 이렇게 퍼졌으니 정말로 큰일이다."

형진의 얼굴도 심각하게 굳어갔다.

"그럼 우리나라에 들어오는 것도 이제는 시간문제겠군……."

"아마 벌써 들어왔는지도 모르지……."

진수의 말을 들으니 형진은 더욱 겁이 났다.

공항이나 항만에서도 아직 별다른 조치를 취하지 않고 있으니 충분히 가능성이 있는 말이었다. 그렇다면 대한민국 전역에서 이미 많은 병원균들이 득시글거리고 있을 수도 있는 상황이었다.

"하여간 미국 사람들은 지금 공포로 어찌할 줄 모르고 있다. 그들은 모두 밖에 나갈 때 마스크를 하고 집에 들어와선 반드시 손을 씻는다더군. 미국뿐만 아니라 지금 전 세계가 공포로 떨고 있다. 그래서 하루속히 백신이 개발 되어야만 해."

이와 같은 상황으로 인해 기업가들의 입장에서는 고민이 하나 더 늘어나게 되었다.

"그러나 저러나, 이 일 때문에 한동안 경기가 침체될 것 같다."

불가피한 일이다. 병원균의 창궐은 필수불가결하게 소비의 위축을 불러오게 되는 것이니까.

"그거야 어쩔 수 없는 일이지. 거기에다 원유 값이 배럴당 백사십 불을 돌파했으니 경제가 좋아질 수가 없지."

"그러나 우리 자동차 전지는 석유 값이 올라 오히려 경쟁력을 갖게 되었어. 전기 자동차가 지금 소비자에게 커다란 관심을 가지고 있지."

진수가 갑자기 씩 웃었다.

"자동차 전지가 월 십만 개 이상 나간다며?"

"지난달의 주문이 십만 개를 돌파했지."

"그게 어디야. 십만 개면 이천억 이나 되는데, 조금만 더 나가면 핸드폰 전지와 맞먹겠는데."

"무슨 소리야. 핸드폰전지는 매일 칠십만 개가 나가는데. 그 정도 되려면 자동차 전지가 이십오만 개가 나가야만 해. 그런데 그게 어디 쉽겠냐?"

"뭘, 내년 말쯤이면 그 정도는 충분히 나갈 것 같던데… 그리고 노트북과 아이패드용 전지가 칠만 개를 돌파했으니 올해 우리 회사는 매출이 총 오조가 넘을 것이다."

"야! 매출 오조 가지고 무엇을 하냐? S전자는 매출이 백조가 넘는데……."

진수가 어이없어 껄껄 웃었다.

"감히 S전자와 비교를 하다니 간이 배 밖으로 나왔냐? 인마, 우리는 이미 창업한지 삼년밖에 안 돼. 뱁새가 황새 쫓아가려면 가랑이 찢어진다. 그러니 좀 네 분수를 알아라."

진수의 말을 들은 형진이가 눈을 부릅떴다.

"야! 네 눈엔 내가 뱁새로 보이냐? 짜식, 봉황도 못 알아보면서… 인마, 봉황은 한번 날갯짓을 하면 천리를 나는 것이야. 적어도 십 년만 기다려라. 내가 기필코 세계를 평정할 터이니……."

"하하, 얼마든지 기다려 줄게. 그런데 블랙홀을 실험하기로 결정했다면서?"

"누가 그딴 소리를 해?"

형진이 빽하고 소리치자 진수도 지지않고 대들었다.

"인마, 경호가 그러더라."

"그녀석이 장난친 것이다. 블랙홀이 아니고 투명금속을 실험하는 것이야."

"나도 경호한테 자세히 들었어. 그런데 실험 비용이 자그만치 삼천억 이나 들어간다면서. 그거 너무 과용하는 것 아니냐?"

형진이가 정색을 하고 좀 찜찜한 표정으로 입을 열었다.

"사실 나는 로또복권을 한 백만 장 산 기분이거든. 그 실험이 성공하기도 어렵겠지만, 만약 성공한다 하여도 사실은 그것을 산업화 할 수 있을지도 의문이다."

"그런데 왜 하기로 결정을 했냐?"

형진이 담담한 표정으로 대답을 했다.

"돈을 날려보았자 삼천억이고, 만약 성공한다면 세상이 뒤집어질 수 있으니까. 그래서 내 운을 실험하는 것이다."

형진의 말에 진수는 놀라움을 감출 수 없었다.

사업을 시작한 형진은 자신이 전에 알던 친구가 과연 맞는 것인지 헷갈릴 데가 많았다.

"와! 그놈에 운을 실험하는데 삼천억이라니… 너는 과연

봉황이라서 남들과 틀리긴 확실하게 틀리다."

형진이 멋쩍은 웃음과 함께 진수에게 물었다.

"내가 너무 허망한 것을 쫓은 것인가?"

"하하, 그렇다고 그렇게 회의적일 필요는 없다. 희망을 가져봐. 혹시 아냐? 네 덕분에 우리 국민이 잘 먹고살게 될지……."

"사실 실험을 하긴 해도, 그 생각만 하면 나도 마음이 영 찜찜하다."

진수가 정색을 하고 말했다.

"이왕 시작한 것 그렇게 생각할 것 없다. 유 박사가 가능하니 가능하다고 말한 것이 아니겠냐. 그러니 우리는 믿고 조용히 기다려 보자고. 내가 들으니 유 박사의 제자 여섯 명도 같이 따라 왔다면서. 그들도 가능성이 있으니 유 박사를 믿고 따라온 것이 아니겠냐?"

진수의 말에 형진은 조금 위안이 되었다.

"그야, 그렇긴 하지."

"그런데 새로운 연구원을 여덟 명이나 더 뽑았다며?"

"그래, 모두 연구원이 열다섯 명이야. 그런데 너무 적은 게 아닌지 모르겠다. 나는 필요한 만큼 연구원을 더 뽑아 쓰라고 했는데, 유 박사는 여덟 명이면 된다고 했다."

어차피 시작한 일, 다시 되돌릴 수는 없었다.

그러므로 형진은 지원가능한 모든 부분을 지원해서 좋지

않은 결과가 나오더라도 과정에 있어서만큼은 한 점의 후회도 남기고 싶지 않았다.

"하여간 그것이 꼭 성공했으면 좋겠다."

형진이 넉넉한 미소로 진수를 바라봤다.

그 실험이 반드시 성공하기를 기원하는 사람이 이렇게 늘어나고 있으니, 어쩌면 성공할 것 같은 예감이 들어서였다.

잠시 감정을 정리한 형진이 심각한 표정으로 진수에게 물었다.

"너희 회사 연구원은 현재 몇 명이나 되냐?"

"이번 문제의 빠른 해결을 위해 내가 연구소장과 의논하여 51명으로 늘렸다. 이 정도면 앞으로 많은 약품을 개발하게 될 것이다."

"그보다 우선 천연두 백신부터 개발했으면 좋겠다. 치사율이 30%라니… 생각만 해도 가슴이 섬뜩하다."

"천연두가 미국 안에서 끝났으면 좋겠는데… 그것이 전 세계로 퍼지면 정말 큰일 나는데……."

선진국에서는 그나마 능동적인 대처를 통하여 피해를 최소화할 수 있겠지만, 후진국은 위험에 거의 무방비상태로 노출될 것이다.

그럴 경우 그들의 피해와 전염이 어느 정도까지 확신될지는 예측이 불가능한 상황이었다.

"설마, 모든 사람이 천연두에 걸리지는 않겠지?"

"독감도 그렇게까지 맹위를 떨치지 못하는데, 설마 그렇게까지 되겠냐?"

"우리나라에 천연두가 들어오기 전에 반드시 백신을 개발했으면 좋겠다."

"우리 회사 연구원이 다 달라붙어 그것만 연구하고 있으니, 아마도 곧 가시적인 성과가 나올 것이다."

진수가 다녀간 지 사 일이 지난 칠월 말에 한국에서 처음으로 천연두 환자가 발생했다.

형진이는 신문기사를 읽고 탄식을 했다.

보건 당국에서 전염병을 막으려고 많은 애를 썼지만, 결국에는 우리나라까지 상륙한 것이다.

당국에서는 현재 환자를 격리 수용하여 치료중이었다.

또 신문에는 미국에서 천연두 백신이 개발되었다고 발표했다. 그러나 미국에는 공식적으로 집계된 천연두 환자가 벌써 삼만을 넘어서고 있었다. 천연두는 사람들의 불안과 우려 속에 너무나도 급속하게 번지고 있었다.

형진이가 천연두 문제로 근심하고 있는데 경호가 찾아왔다.

형진이는 경호를 보더니 반갑게 맞이했다.

"오래 간만이다. 연구는 잘 되어가고 있는 것이냐?"

"우리 연구원은 다 열심히 하고 있어. 지금 우리 전지는 수율이 48%정도 밖에 안 되거든. 그런데 이번에 수율을 25% 가량 향상시켜서 수율이 60%가 넘어서게 되었다."

"그럼 우리 전지가 성능이 25%가 향상되는 것인가?"

"그렇지. 이렇게 되면 스마트폰을 막 사용해도 칠 일 이상 사용할 수 있다는 이야기지."

"그럼 전지 생산의 원가도 더 올라가지 않을까?"

"생산 원가가 2% 정도 더 들었다고 하던데. 그 정도라면 가격을 더 올리지 않아도 되지 않을까?"

형진이는 머리를 끄덕이며 물었다.

"앞으로 우리 전지의 수율이 어느 정도까지 가능하겠냐?"

"85% 정도까지는 가능하지 않을까 생각하고 있어. 그렇다면 아직도 갈 길이 멀지."

"하여간 모두들 열심히니 다행이다. 그리고 아무리 바빠도 종종 모여서 술 한잔씩하고 그러자."

경호는 그런 형진의 말에 가만히 팔을 뻗어 형진의 손을 잡았다.

사람은 힘들 때 일수록 가까운 사람과 마주앉아 있는 것만으로도 고통과 고뇌를 잊을 수도 있는 것이다.

경호가 보기에 지금의 형진이 그렇지 않을까 싶었다.

"하하, 별걸 다 걱정한다."

"그런데 유 박사의 연구는 잘 진행되는 거야?"

"착착 잘 진행되고 있는 모양이다. 지금 사일로처럼 생긴 건물을 짓고 있어. 건물이 완성되면 거기에다 실험 장치를 한다더라고. 그리고 벌써 각종 장비를 주문하고 있어."

"그 실험이 꼭 성공했으면 좋겠다."

"성공할 것이다. 그런데 오늘 내가 온 것은 우리 선배 때문이야."

형진이는 경호를 바라보며 머리를 끄덕였다.

"그래. 편히 말해봐."

"선배가 고출력 고압 에너지를 방출하는 레이저를 연구하는데 그만 연구비가 없다는 것이야. 그분이 우리 연구소에서 연구하면 안 되겠냐고 사정을 하기에 널 찾아왔다."

형진의 두뇌가 차갑게 식어갔다.

기회.

항상 양면성을 갖고 있는 것이 기회지만, 그것도 준비된 사람만이 얻을 수 있는 것이다.

"우리가 레이저를 연구해서 무엇에 쓰냐?"

"아! 그 레이저는 기존 레이저 하고는 많이 다르다하더군. 이미 이론적으로 정립이 되었는데, 돈이 없어서 실험을 못했다고 했어. 그것이 성공하면 아주 획기적인 무기가 될 수 있다고 하더군."

"레이저 무기라고? 우리 회사에서 그런 것을 생산해도 되냐?"

무기 분야에 별 관심이 없었던 형진이기에 반응은 미지근하기만 했다.

"국방과학 연구소도 찾아가 보았는데, 미국도 이십 년 이상 연구해도 별효과가 없었는데 우리가 하겠냐며 듣는 척도 안하더래. 그러나 선배는 포기하기엔 너무나 아깝다고 하더군. 하도 사정하기에 내가 여기에 온 것이다."

형진이는 한동안 생각하더니 말했다.

"야! 그거 성공해 보았자 돈이 안 되잖아? 그런 신무기를 정부에서 외국에 막 내다 팔게도 못하게 할 것이고. 우리 나라에서도 몇 대 안 사서 쓸 터인데, 투자만 하고 이익은 없는 것 아니냐?"

"글쎄. 돈만 바라고서 그런 연구를 할 수는 없지. 그러나 대 기업으로서 국방의 일익을 감당해도 좋지 않을까?"

"그것도 성공했을 때만 가능한 것이지."

경호는 씁쓸한 미소를 지으며 말했다.

"네 생각이 그렇다면 거절하도록 하지."

형진은 손을 들어 일어서려는 경호를 제지했다.

이유 없는 이익은 없는 것이다.

갑작스럽게 주어진 행운으로 인하여 지금과 같이 기업을 운영하는 지경에까지 이르게 되었다. 또한 유 박사의 실험

이 성공하기만 하면, 인간의 생활 패턴은 일대 변혁을 맞이하게 될 것이다.

그런 모든 것들이 과연 우연이었을까?

경호가 제안한 것 또한 그런 우연들 중의 하나일까?

형진의 생각이 깊어질수록 시간은 더디게만 흘러가고 있는 듯했다.

필연.

어쩌면 이 모든 것들이 자신에게 무엇인가를 바라는, 자신이 반드시 뭔가를 이루어야 하는 것을 위한 초석일 수도 있다는 생각이 들었다.

유 박사에 대한 것도 그런 생각이 저변에 깔려있었기 때문에 실험을 허락한 것이다.

그렇기 때문에 돈이 별로 되지 않는다고 거절한 다는 것은 옳지 않은 일 같았다.

국방을, 나라와 민족을 위하는 일을 어떻게 돈으로 대입시켜 생각을 할 수가 있겠는가?

이런 우연이 자신에게 찾아오기 위해 최근 들어 중국에서 대한민국을 압박하고 있었던 것은 아닐까 하는 생각마저 들었다.

오랜 고민에서 형진이 깨어났다.

"흠! 그것이 완성되면 우리 군에게 과연 큰 도움이 될까?"

"그분이 만들려는 레이저가 얼마만한 성능을 가지게 될지는 모르겠지만, 그분이 말한 것처럼 획기적인 성능을 가지고 있다면 정말로 대단한 일이지."

"구체적으로 좀 말해줄래?"

씩 웃던 경호가 알아듣기 쉽게 설명을 하기 시작했다.

"예를 들어 전차, 장갑차, 헬기, 전투기, 각종 미사일 등을 격추시키거나 파괴할 수는 있지. 지금 미국도 레이저 무기를 보유하고 있다고 했거든. 그런데 그분은 미국 것보다는 성능이 월등히 좋을 것이라고 했어."

"그것을 연구하려면 아마도 돈이 꽤 많이 들겠지?"

"아무려면 블랙홀만큼이야 들겠냐? 네가 생각하는 것보다 큰돈은 안 들것이다."

그러나 구체적인 것은 경호의 선배를 만나봐야만 윤곽이 나올 것이다.

"너하고 그 선배하고 친하냐?"

"나보다 이년 선배인데, 나하곤 각별한 사이야. 그러니까 나한테 와서 사정하지 않았겠냐?"

"어차피 일을 저질렀는데 눈 딱 감고 한 번 더 저질러 봐?"

"성공하면 최소한 본전이야 찾지 않겠어?"

"하하, 항상 본전을 찾자고 장사할 수는 없는 경우도 있단다."

경호는 형진을 눈을 동그랗게 뜨고 바라봤다.

항상 더 벌지 못해서 안달을 하는 형진으로부터 그런 말을 들으니 순간 이해가 잘 되지 않았다.

"그럼 어떻게 할 거야?"

"이왕 미친 김에 한 번 더 미쳐보자. 한번 추진해봐."

경호는 형진에게 선배의 일을 말하면서도 별로 큰 기대를 하지 않고 있었다. 그런데 뜻밖에 형진이가 선선히 승낙을 하자 놀라서 반문했다.

"정말로 해보자는 거야?"

"그래 해봐. 그리고 연구원이 더 필요하다면 적극적으로 도와주도록 해."

"알았어. 하여간 고맙다."

경호는 돈에만 관심이 있는 형진이가 승낙하자 기쁘면서도 의아했다.

경호가 생각하기에도 레이저는 성공해도 큰돈이 될 것 같지 않았다. 경호는 형진이가 왜 이 연구에 동의했는지 이해할 수가 없었다.

또 그의 연구소는 본래 전지만 연구하기 위하여 세운 것이다.

그런데 엉뚱하게 블랙홀이나 레이저를 연구하게 된 것이다. 경호는 이런 생각을 하며 씁쓸하게 웃었다.

며칠이 지난 후 형진이가 신문을 보니 신문은 온통 천연두로 도배되어 있었다.

 사람들에게 공포가 빠르게 전국적으로 확산되고 있었다.

 외출을 삼가고 일상에 필요한 많은 것들을 무인 배달 시스템을 이용해 구매하는 사람들이 급격하게 늘어나는 등 신 풍속도가 생겨나고 있었다.

 그런데 며칠 사이로 천연두 환자가 백 명을 넘어 서고 있었다.

 온 국민은 천연두가 두려워 나갈 때에는 마스크를 착용하고 집에 들어와서는 반드시 손을 씻는다고 했다.

 그리고 가급적이면 외출을 삼가고 아이들이 나가는 것도 말린다고 하였다.

 치료를 받아도 치사율이 30%이니, 국민들이 겁을 낼만도 하다.

 그뿐만 아니라 이 병은 이미 전 세계로 퍼져나가 온 세상이 죽 끓듯하였다.

 이웃인 중국에선 벌써 천연두 환자가 천명을 돌파했다고 발표했다. 그런데 천연두는 남녀노소는 물론이고 건강한 사람까지 전염 시킨다고 했다.

 형진이는 손에서 신문을 내려놓으며 걱정했다.

 "허허, 사람을 가리지 않고 아무나 막 전염 시키니, 잘못하면 나도 걸리는 것 아니야? 도대체 진수 녀석은 뭐하고

있는 것이야. 미국도 백신을 만들었다는데 우리가 못 만들 것이 무엇이야. 똑같은 머리가지고 그런 것 하나 빨리 못 만드나."

형진이가 혼자 구시렁거리고 있는데 마침 진수가 들어왔다.

"어이! 임 회장, 잘 있었냐?"

형진이가 진수를 올려다보니 기분이 매우 좋아 보였다.

"인마, 온 세상이 초상집 같은데 너 혼자만 기분이 좋으냐?"

"어! 그런가? 좋은 일이 있었지."

"그게 뭔데? 나도 좀 어서 알자."

진수가 얼굴 가득 웃음을 피우고 말했다.

"우리 연구진이 드디어 백신을 개발해 냈다. 이만하면 희소식이 아니냐?"

"그래? 그런데 어떻게 열흘도 안 되어서 백신을 개발해 내냐?"

그렇게 쉽게 만들 수 있는 것이라면 온 인류가 왜 이토록 난리를 피우고 있겠는가.

"야. 네가 몰라서 그렇지 우리나라 사람들은 머리가 좋다. 빨리빨리 정신을 살려서 밤낮 가리지 않고 매달려서 결국은 만들어 낼 수 있었다."

형진은 속으로 가슴을 쓸어내렸다.

이제 한시름 내려놓을 수 있을 것이기 때문이다.

"그럼 언제부터 대량 생산을 할 것이냐?"

"이미 병균의 배양에 들어갔으니 사 일 후면 본격적으로 생산하게 될 것이다."

"아니! 그냥 막 찍어내는 것이 아니고 병균을 배양해서 만드는 거냐?"

그런 식으로 만들려면 막대한 시간이 소모될지도 모르는 일이었다.

"그것은 내가 모르겠고, 연구원들이 대량으로 병균 배양에 들어갔다고 했어."

"그런데 너의 회사에서 만든 백신이 효과가 있을지 어떻게 알아?"

"동물 시험은 이미 통과했고 오늘 임상 시험에 들어갔다."

"임상 시험이라니? 우두를 놓고 그 사람이 언제 병에 걸릴 줄 알고 시험을 한단 말이냐?"

"그게 아니다. 우두가 아니고 주사약이야. 그리고 그 약을 환자에게 시험하는 것이래."

진수의 설명에도 불구하고 형진은 선뜻 이해가 되지 않아 고개를 갸웃거렸다.

"아니! 백신을 환자에게 놓아? 그것은 예방약이잖아."

"이 백신은 예방약도 되고, 동시에 치료제도 된단다."

"그래! 그럼 우리가 만든 백신과 미국이 만든 백신이 같은 것이냐?"

그 문제는 형진이 보기에 중요한 문제였기 때문에 반드시 짚고 넘어가야 했다.

"글쎄. 그거야 내가 잘은 모르지. 그러나 백신을 만드는 방법이 비슷하니 약도 비슷하지 않을까."

형진이 머리를 저으면서 서둘러·입을 열었다.

"그런데 신문에서는 미국에서 만든 백신이 치료제라고는 말하지 않았다. 그리고 지금 미국에는 천연두 환자가 십만을 돌파했다는 것이야. 그리고 미국의 각 병원에서는 천연두 백신을 확보하기 위하여 전쟁이라는데…."

그렇기 때문에 형진은 미국에서 만들어낸 백신에 대해서 의아해하고 있던 중이었다. 진수가 그 부분까지는 생각을 못 해봤는지 자신 없는 표정으로 대답을 했다.

"사실 미국에서 만든 백신에 대하여 우리가 아는 것이 거의 없다. 그러나 우리 회사에서 백신을 개발해 내었으니 어쨌든 다행이 아니냐?"

"물론 다행한 일이지. 그런데 그 백신이 부작용은 없으려나?"

"없기를 바라야지. 그리고 이삼일 안에 임상실험 결과가 나올 거다."

임상실험 결과 아무 이상이 없는 것으로 판단되면 본격

적인 생산에 들어갈 준비를 모두 갖춰 놓았다.

"성공을 한다면 백신을 하루에 얼마나 만들어내게 되는 거야?"

빨리, 그리고 많이 만들어질수록 사람들이 고통과 두려움에서 하루빨리 해방될 수 있기 때문이다.

"처음엔 하루에 백만 개. 열흘 후 시설이 끝나면 하루에 삼백만개까지 생산할 수 있다."

"그렇게나 많이……?"

"생각보다 백신을 만들어 내는 방법이 어렵지는 않은 모양이다."

그렇다면 다행한 일이었다. 그러나 형진은 다른 부분이 걱정되었다.

"그럼 다른 회사에서도 곧 백신을 만들어 낼 것이 아닌가?"

백신을 만들어내는 방법이 어렵지 않다면 충분히 가능한 일이었다.

"그럴지도 모르지. 그런데 연구원들의 말에 의하며 쉽지는 않을 것이라 하던데."

형진이는 갑자기 환하게 웃으며 말했다.

"그럼 그 백신이 돈 좀 되겠는데. 한 개의 값을 얼마로 책정할 거냐?"

진수가 퉁한 표정으로 대답했다.

"삼만 원에 팔 예정이야."

형진은 진수의 말을 듣고 잠시 생각을 해보다가 다시 질문을 했다.

"우리가 백신을 삼만 원에 팔면 국민들은 얼마를 주고 맞아야 하냐?"

"대략 오만 원 정도는 주어야 할 것이다."

"정말? 너무 비싼 것 아니야? 독감 백신도 삼만 원이 던데."

"그거와는 다르지. 이것은 사느냐 죽느냐 하는 아주 중차대한 일이야. 이런 병을 오만 원 투자해서 안전해 질수 있다면 누구나 투자를 해야지."

형진은 걱정스러운 표정으로 고개를 가만히 저었다.

"국민들에게 꽤 부담이 되겠는데…… 가족이 네 사람만 되어도 이십만 원이 드는 거잖아?"

"그래도 백신을 맞고 공포에서 벗어나는 게 낫잖아. 우리 제약회사라 해서 억만금을 버는 것은 아니니까 불가피하게 그 정도의 돈은 받을 수밖에 없다."

"하여간 잘 되었다. 하여튼 임상시험이 끝나면 바로 알려줘. 그래야 우리 회사 사람들에게도 우선적으로 백신을 주사해주지."

"회사 직원들 모두에게 공짜로 백신을 놓아주려고?"

형진은 당연하다는 표정이었다.

"그거야 당연 하잖아. 우리 사원들이 천연두에 걸리면 일에 지장이 있어. 그리고 병에 걸릴까 염려하지 않고 일을 할 수 있으니 얼마나 좋아? 그러잖아도 천연두가 더 퍼지면 교육청에서도 휴교를 하겠다고 하던데….."

"그럼 나는 이만 가보겠다."

진수가 나가자 형진이는 기분이 좋았다.

천연두 백신을 개발 해서지만, 그 백신을 우리나라가 두 번째로 개발해서다. 빨리 서둔 덕분에 백신을 빨리 개발한 것이다.

다시 며칠이 지나니, 한국에서도 천연두 환자가 이천 명이 넘어 섰다고 발표했다.

그리고 미국은 백만을 돌파했다고 발표했고, 유럽도 천연두가 불길처럼 번져 간다는 것이다. 그리고 중국에서도 밝혀진 환자만 십만을 돌파한다고 했다.

지금 전 세계가 천연두로 인해 공포에 쌓여 있었다.

형진이가 신문을 보고 근심하고 있는데, 진수에게서 전화가 걸려 왔다.

"어이! 임 회장이야?"

"그래, 그런데 임상실험은 어떻게 되었어?"

"천연두 환자 이십 명에게 접종을 했는데, 모두가 병이 호전 되었다. 그리고 아무런 부작용도 없다고 했어."

형진은 소리 내어 쾌재를 부르고 싶은 심정이었다.

가만히 가슴을 가라앉히고 중요한 점들을 체크하기 시작했다.

"그래? 그거 천만 다행이구먼. 그러면 백신은 언제부터 생산되는 거냐?"

"내일부터 생산 될 것이야."

"알았어. 그럼 내일 우리 회사 직원들에게 접종할 약을 준비 해두어라."

전화를 하고 난 뒤에 형진이는 총무부장을 불러 지시했다.

"내일부터 우리 회사 전원에게 천연두 백신을 투여할 터이니 준비를 해주시오."

총무부장은 미리 언질을 받기는 했었지만 이렇게 빨리 될 줄은 몰랐기에 당황스러웠지만 한편으로는 무척 기뻤다.

"내일 부터요? 그럼 급히 서둘러야겠습니다."

"그리고 직원들을 고양시로 파견하여 병원마다 다니며 교섭을 해 보세요."

병원에서 필요한 인력을 지원요청을 하고자 함이었다.

"예방 접종을 공장에서 직접 하시게요?"

"그렇게 해야 한 사람도 빠짐없이 일제히 접종할 수 있지 않습니까?"

"그럼 그렇게 알고 곧 준비하겠습니다."

"그럼 수고하십시오."

다음 날 공장 근로자 육천 명에게 천연두 백신을 투여하기 시작했다.

이날 신문에 발표한 천연두 감염자는 천명을 넘어서고 있었다. 또 이날부터 우리나라 사람은 천연두 백신을 접종하기 시작했다.

백신을 맞으려는 사람이 하도 많아 백만 개의 백신으로도 감당할 수 없었다.

미국에서 천연두 환자가 백만을 돌파했다는 보도를 듣고, 한국 보건소는 바싹 긴장을 했다.

병리학자들에 의하면 천연두는 이제 시작에 불과하단다. 이 말을 들은 국민들은 매우 불안해하였다.

정부에서는 전 국민에게 백신을 접종하는 것을 신중하게 검토하는 중이라 발표했다.

또 뒤늦게 천연두가 발생한 중국에서는 천연두 환자가 십만을 돌파했다고 했다. 천연두는 동남아 각국에 급속하게 번져 모든 나라를 긴장시키고 있었다.

천연두가 우리나라에 들어온 지 이십 일이 지나자, 감염자가 오만을 돌파하였다.

그것도 예방접종을 한 사람이 천만을 돌파했는데도 그렇다. 오늘 신문에는 북한에서 백신을 보내달라고 요청한다고 했다.

전 세계가 천연두로 몸살을 앓고 있었다.

그러나 천연두 백신을 개발한 나라는 지금까지 모두 14개국에 불과 하단다. 형진이가 신문을 뒤적거리고 있는데 진수가 들어왔다.

형진이는 진수를 보자 먼저 입을 열었다.

"서 사장, 엄청 바쁠 터인데 여긴 웬일이냐?"

"바쁘기야 조금 바쁘지. 그래도 들러보았어."

"그런데 백신이 더 생산 된다는데 그것은 어떻게 되었어?"

지금의 생산량 가지고는 도저히 수요를 맞출 수 없는 상황이었다.

더군다나 백신을 자체개발하지 못하는 나라들에서 주문이 쇄도하고 있었다.

"내일부터 이백만개가 더 생산될 것이다."

"그렇게나 많이? 그 많은 것을 어디다가 팔려고?"

"별걸 다 걱정하는구나. 이미 중국, 인도, 필리핀 등 동남아시아에서 주문이 쇄도하고 있다."

"그러나 백신은 우리나라 사람이 가장 먼저 맞아야 하잖아?"

형진은 우선 국내부터 안정을 시킨 다음 해외로 눈을 돌리는 것이 맞다고 생각하고 있었다.

"그야 물론 그렇지. 그러나 N제약사에서도 이틀 전부터 백신이 생산되기 시작하였어."

"그 회사는 하루에 몇 개씩이나 생산 되냐?"

"하루에 오십만 개 생산되는데, 한 열흘 지나면 백만 개씩 생산 된데."

"그거 천만 다행이구먼 그럼 우리나라 사람들의 접종은 아무런 문제가 없겠구나."

"그야 별 문제 없지. 그래서 내일부터 생산되는 것은 모두 수출하기로 했어."

국내의 다른 제약회사에서도 본격적으로 백신이 출시되면 진수의 제약회사에서는 생산되는 백신을 굳이 국내에서만 소요시킬 필요는 없었다.

당초 계획대로 해외에 수출하는 것이 옳은 판단이었다.

"수출을 한다고? 가격은 얼마에……?"

"25불에 전량 수출 계약을 맺었다."

"그런데 이 병이 곧 끝나지 않을까? 만약 그렇게 되면 별로 이익이 남는 게 없지 않겠어?"

그러나 진수는 어두운 표정으로 대답을 했다.

"병리학자들은 이제 시작이래. 그들 말로는 이런 전염병은 석 달에서 여섯 달은 진행된다고 하더구나."

진수는 말을 하고 보니 형진이가 괘씸하다. 그래서 얄궂은 소리를 한마디 했다.

"아니! 넌 사람들이 죽어 가는데도 오직 돈 벌 궁리만 하냐?"

형진은 전혀 미안해하지 않았다. 오히려 떳떳하고 당연하다는 표정으로 특유의 논리를 펼치기 시작했다.

"뭐야? 어째서 넌 그렇게 생각하냐? 나를 그렇게 나쁜 사람으로 만들어야 하겠어? 그리고 솔직히 전염병은 전염병이고 장사는 장사가 아니냐? 기업을 경영하려면 기회를 잡을 줄 알아야 해. 지금이 너에겐 큰 기회가 아니냐. 그러니 잘 판단해서 행동해라."

"뭐야? 남의 불행이 내 행복이란 뜻이냐?"

"안된 일인 것은 분명하지만 현실이 그렇잖아?"

진수가 못마땅한 표정으로 다시 말했다.

"나는 백신을 빨리 개발해 우리나라에 큰 공을 세웠다고 생각했는데… 넌 나를 이익만 쫓는 기회주의자로 모는 거냐?"

형진이가 씩 웃으며 말했다.

"그렇다고 그런 표정을 지을게 무어냐. 네가 먼저 나를 돈 벌레로 몰아붙이지 않았어?"

그러자 진수도 픽 하고 웃었다. 형진이 다시 물었다.

"그럼 백신 이백만 개 전부가 수출되는 거냐?"

"그래. 그리고 우리나라 사람들의 접종이 모두 끝나면 나머지 백만 개도 수출할 예정이다."

"그러려면 한 이십일 걸릴 터인데, 그때 즈음에는 모든 나라가 백신을 만들어 내지 않을까?"

"그야 모르지. 그러나 우리 연구소 학자들 말로는 백신 개발이 쉽지는 않을 것이라고 했어."

그 부분은 더 이상 고민을 이어갈 필요가 없었다.

형진이 앉아서 고민을 한다고 개발에 영향을 미치는 것은 아니었기 때문이다.

"정부에서는 북한에 백신을 보내 준다는 것이냐?"

진수는 이마의 주름을 늘렸다.

자신의 생각 같아서야 당장 무상으로 시원하게 지원을 해주고 싶었지만, 정부의 눈치를 살펴야 했다.

괜히 나서서 그런 행동을 했다간 자칫 나중에 후환을 감당하기 어려울 수도 있었다.

"글쎄… 모르겠어. 상대가 사정하니 보내주어야 하지 않겠어?"

"그들은 백신을 못 만드나?"

"그거야 나도 모르지. 그러나 만들었다면 우리한테 백신을 보내 달라고 하겠어?"

"물론, 공짜로 달라는 거겠지?"

"아마… 그럴 거다."

형진은 걱정스러운 표정으로 말했다.

"북한 형편으론 전 국민에게 백신을 투여하기가 아무래도 어렵겠지?"

"그야 그렇지. 그러나 당장의 환자들에게는 백신을 투여할 수 있을 것이다."

"그렇게라도 되었으면 좋겠다."

"그런데 제3아파트형 공장은 어떻게 되어 가고 있는 거냐?"

"다음 달이면 공사가 끝난다. 그러면 곧 기계설비에 들어갈 것이다."

"그 공장이 완공되어도 부족할 터인데……."

"지금 제4아파트형 공장을 설계중이다. 아마 다음 달부터는 공사를 시작할 것이다."

"그런데 노트북과 아이패드용 전지는 얼마나 나가냐?"

"매일 십만 개를 생산한다. 제3아파트형 공장이 세워지면 노트북과 아이패드 전용 전지공장만 두 개를 더 만들어야 해."

"그러나 핸드폰용 전지 공장도 모자라잖아?"

"그렇긴 하나, 당분간 연장조업은 불가피해. 이번에 제3공장이 지어져도 핸드폰용 전지공장은 하나밖에 못 들어가. 원래 두 개가 들어가야 하는데… 그 대신 노트북과 아이패드 전용 전지공장이 두 개가 들어가고, 자동차용 전지

공장이 한 개와 주문형 전지공장 하나가 들어갈 것이다."

"그럼 제4아파트형 공장이 완공되면 공장은 충분 하겠구면."

"아마 그거만 가지면 충분할 것이다."

진수는 형진이를 보며 말했다.

"이번에 돈 좀 벌면 연구소를 대폭 확장할 것이다. 그리고 앞으로는 순수 신약을 연구하게 할 것이다."

"새로운 의약품을 개발하는 것이 쉽지 않다던데… 들리는 말로는 한 가지 약품을 개발하는데 십 년 이상 걸린다 하던데……?"

걱정스러워하는 형진을 향해 진수는 굳은 의지를 드러냈다.

"그래도 해야 해. 언제까지 남의 나라에서 신약을 수입해 개량형 신약을 만들어야 하나? 이제 우리도 연구비를 많이 투자해서 순수 신약을 많이 개발해야만 해."

그래야만 차후에 국제적인 분쟁으로부터 자유로워질 수 있게 될 것이다.

"너 의욕이 대단 하구나. 그럼 해봐."

진수가 기꺼워하면서도 조심스럽게 형진의 눈치를 살폈다.

"그런데 순수 신약을 개발하려면 돈이 많이 들게 된다."

형진은 한편으로는 참으로 이상하다고 생각했다.

사업을 하면서 돈을 급격할 정도로 많이 벌고 있었다. 그렇지만 그 돈을 비축하기란 쉽지 않았다.

항상 다른 문제나 아니면 투자할 일이 생겨서 그곳에 벌어들인 돈이 소요되는 것이다.

그렇지만 아깝다거나 하지는 않았다.

투자가 없는 기업이란 미래 또한 없다는 신념 때문이었다.

"돈이 들어도 할 것은 당연히 해야지. 한번 잘해봐. 내가 뒤에서 팍팍 밀어줄게."

진수는 씩 웃으며 벌떡 일어났다.

"나 사실은 이렇게 노닥거릴 시간도 없다. 그만 가봐야겠다."

서해바다의 석유

진수가 돌아가고 며칠이 지나니 우리나라에 천연두 환자가 십만 명을 돌파했다는 기사가 실렸다.

그리고 미국은 천연두 백신을 부지런히 놓아주는 데도 환자가 이백만을 돌파했단다.

중국도 천연두 환자가 오십만을 돌파하자, 중국 인민들이 공포에 휩싸였다고 하였다.

그런 와중에 중국 제약 회사에서도 매일 백신을 오백만 개씩 생산한다고 발표 했다. 그런데도 부족하여 외국에서 무제한으로 수입하겠다고 발표했다.

형진이는 신문을 내려놓으며 한숨을 내쉬었다.

동남아 나라들 중에서 가난한 나라에서는 아직도 백신을 제조하지 못하는 나라가 많았다.

백신이 없다면 희생자가 많이 나올 것이다.

그런데 북한에서 백신을 달라고 했는데, 신문에는 그 후 아무런 기사도 나오지 않았다.

역시 개인이나 나라나 부유하고 볼 일이다. 가난하면 설움을 당할 수밖에 없는 것이 인정하긴 싫었지만 현실이었다.

천연두 때문에 세상은 온통 천연두에만 신경을 쓰고 있었고, 그 사이 경제는 점점 침몰해가고 있었다.

그러나 다행히 불경기가 불어 닥쳐도 미리내는 꾸준하게 주문이 밀려들었다.

천연두가 지구촌을 휩쓸기 시작한지 넉 달이 지난 11월 초.

제3아파트형 공장의 시설이 끝나 공장이 가동되기 시작하였다.

그리고 제4아파트형 공장을 짓기 시작하였다. 아파트형 공장을 지을 적마다, 공장이 완공되면 더 이상 주문이 딸려 고생하잖아도 될 것이라 생각했다.

그러나 공장이 완공되고 며칠이 지나면 주문을 감당할 수 없게 되곤 하였다.

벌써 아파트형 공장이 3개라, 일하는 종업원이 칠천오백 명이 넘었다. 회사는 매년 두 배 이상으로 커지고 있었다.

형진이는 제3아파트형 공장이 완공되어 가동이 시작되었는데도, 벌써 공장이 부족하게 되었다.

그러나 공장이 부족한 대로 버틸만 하였다.

오후 두시가 되니 진수가 찾아 왔다.

"어이. 서 사장, 오래간만이다."

진수가 씩 웃으면서 말했다.

"오늘은 좀 한가해서 들렸지. 그나저나 여기는 잘 돌아가고 있는 거냐?"

"우리 회사야 미처 전지를 생산해 내지 못하여 못 파는 실정이다."

"하하, 항상 큰 소리는……."

"우리나라 사람은 모두 백신을 맞은 것 같은데, 백신은 잘 팔리는 거냐?"

"응! 아주 미치겠다. 우리 백신은 없어서 못 팔아. 동남아 각지에서 더 보내 달라고 매일같이 난리를 친다."

"그래. 그런데 N제약회사도 백신을 만들어내잖아?"

"거기서 만들어내도 부족이다. 중국, 인도만 해도 수효가 그야말로 무진장이다."

"미국은 이미 천연두가 한물간 것 같은데… 다른 나라도 곧 없어지지 않겠어?"

"그렇지 않다. 미국은 모두 백신 접종이 끝나서 그런 것이고, 다른 곳은 지금 천연두가 한참 퍼지고 있는 중이거든."

형진이 조심스럽게 물었다.

"참! 북한에서 백신을 보내달라는 것은 어떻게 되었어?"

진수가 살며시 미소를 머금고 대답을 했다. 그렇지만 진수의 표정 한편에는 아쉬움이 머물고 있었다.

"벌써 몇 달 전부터 정부에서 백신을 하루에 오만 개씩 보내 주고 있어."

"아니! 겨우 오만 개 가지고 해결되겠어?"

그 정도로는 급한 불을 끌 수도 없을 것이다.

이왕 보내줄 것이라면 단순하게 생색내기용이 아니라 실질적으로 필요한 만큼을 보내주는 것이 외교적으로도 더 도움이 되지 않을까 하고 생각해보는 형진이었다.

"모두 백신을 맞을 수야 없겠지만, 환자들에겐 충분히 접종해줄 수 있을 것이다."

"이왕 주는 것 좀 넉넉하게 주지."

그러자 진수가 스스로를 위로하듯 목소리를 높였다.

"이봐 회장, 오만 개라도 매일 십오억이다. 그렇게 백 일만 지나도 천 오백억이라고. 이런 상태가 더 지속된다면 삼천억 이상 들어갈 것이다."

그렇지만 사람을 구하는 일에, 더군다나 같은 민족의 아

품을 해소하는 일에 돈은 중요하지 않다고 생각하고 있었다.

물론 돈이 없다면 모를까, 그렇지도 않은 상황이었기 때문이다.

"북한이 가난하다고는 하지만, 백신 정도는 사들여가도 되잖아. 이것이 다 버르장머리를 잘못 들여놓아서 이런 일이 있는 거다. 그 사람들은 빽 하면 도와 달래. 우리는 뭐 흙 퍼다 주나?"

형진은 진수의 속내를 알기에 그 정도에서 말을 멈췄다. 그리고 다른 궁금한 것을 물었다.

"북한은 일단 그거 가지면 되기는 되는 거냐?"

"천연두라 해서 모두 걸리는 것은 아니잖아. 그 정도면 아쉬운 대로 버텨 나갈 수 있을 것이다."

"천연두는 얼마나 더 지속할 것 같아?"

"학자들 말로는 정점은 지난 것 같다고 하더군. 잘해야 두세 달이면 끝나지 않을까?"

"어떻게 그동안 돈은 좀 번 것이냐?"

진수가 가만히 형진을 노려봤다.

"결국 결론은 돈 이야기로구만……?"

형진은 아무렇지 않다는 듯 다시 물었다.

"그래, 내가 돈독이 올라서 그렇다. 돈 좀 번 것이냐?"

"벌기야 좀 벌었지. 그러나 확실한 것은 상황이 끝나봐야 알아.”

“아니! 무슨 대답이 그 모양이냐? 확실한 것은 하나도 없으니?”

“천연두로 지금까지 죽은 사람이 지구촌에 천만이 넘는다. 그런데 넌 오직 돈 타령이냐?”

“이 사람아. 죽은 사람은 죽은 사람이고, 산 사람은 살아가야지. 세상사라는 것이 다 그렇잖아. 손해 보는 사람이 있으면 그 반대로 득을 보는 사람도 있는 것이다. 우리가 백신을 만들어 많은 사람들을 구했으니 돈도 좀 벌어야 하는 거 아니야?”

진수가 씩 웃으며 말했다.

“그래 네 말이 맡다. 그런데 아프리카 여러 나라에서 우리 회사에게 도움을 청해 왔다. 백신을 좀 보내 달라고…….”

“그래서 어떻게 했어?”

“뭐 할 수 없잖니. 같이 살아야지. 그래서 하루에 십만 개씩 16개국에 무상으로 나누어 주고 있다.”

아주 잘한 일이었다.

세상은 더불어서 사는 것이지, 결코 혼자서는 살 수 없는 것이다.

그러나 형진의 입에서는 칭찬이 나가지는 않았다.

“아니! 네가 사장이라고 나한테 의논도 안하고 그렇게

마음대로 할 거냐?"

"지금 이렇게 보고를 하고 있잖아?"

"일 다 저질러 놓고 보고하면 되냐?"

간만에 만난 둘은 다시 언성을 높였다.

"그만한 일은 사장인 내 직권으로 결정할 수 있는 일이 아니야?"

"아니다. 백신을 나누어준 것은 잘 했다마는 사전에 나에게 의논했어야만 했다. 우리가 친구 지간이지만 일만은 공정하게 하자."

"알았어. 다음엔 확실하게 보고하지."

"그럼 지금도 백신을 삼백만개씩 제조하고 있는 것이냐?"

"당연하지. 그리고 백신으로 인한 수익이 일조는 돌파할 것 같다. 아마 제약회사 중에 우리처럼 떼돈을 번 회사는 없을 것이다."

"잘 됐다. 그 돈을 모두 정기예금하고 거기서 나오는 이자를 연구비로 사용하자."

"뭐야? 세상에 어떻게 그런 엉터리 경영이 다 있냐?"

"아니! 그게 왜 또 엉터리야? 그럼 채권을 사던가? 우리가 큰돈이 있다고 해서 당장 무엇인가 할 일이 있는 것은 아니잖아?"

"그럼 장난이 아니고 정말 그렇게 하자는 것이냐?"

"그래, 넌 혹시 그 보다 좋은 방법이 있어?"

진수는 아무 말 안하고 천장만 바라봤다. 그는 기업가가 이자 따먹기나 하고 있어도 되는가 하고 생각하고 있었다.

그렇지만 자신 또한 딱히 다른 대안은 없었다.

"그런데 제4아파트형 공장은 언제 착공한 것이냐?"

"9월초에 했으니 이제 두 달이 되었지."

"그런데 공장을 너무 많이 세우는 것 아니야?"

"지금 핸드폰 전지는 이틀에 하루는 두 시간씩 연장 근무를 하고 있어. 그 공장도 하나 더 세워야 하고, 만약 주문이 더 들어오면 공장을 더 세워야 하니까 실질적으로 별로 여유는 없어."

진수가 갑자기 한숨을 내쉰다.

"전지회사는 내년이면 매출이 십조가 넘어갈 터인데… 내가 맡은 제약회사는 참 한심할 정도란 말이다."

"올해는 매출이 몇 조 오르지 않았어?"

"그것은 천연두 때문에 생긴 일이고, 정상적인 매출은 이천 오백억을 넘기기 어렵다고… 외국에 큰 제약회사들은 매출액이 오십 조가 넘던데… 우리나라 제일 큰 제약회사는 겨우 오천억 정도니, 이거 정말 너무 한심하잖아?"

과거로부터 의학 선진국들에 대한 의존도가 높았기 때문에 어쩔 수 없는 상황이었다.

그렇기 때문에 진수는 연구에 더욱 과감하고 폭넓은 투

자를 계획하고 있는 것이다.

"그거야 우리도 신약개발을 부지런히 하면 차츰 나아지겠지. 그나저나 돈은 있는데 좋은 아이디어가 없어. 뭐 좀 화끈한 것 없냐?"

진수가 한심스럽다는 표정으로 형진을 노려봤다.

"야! 세상에 모든 사람들이 짧은 시간에 큰돈을 벌수 있는 아이디어를 짜내고 있는데, 세상에 그런 것이 어디 있겠냐? 일찌감치 꿈 깨고 이 회사나 열심히 키워나갈 생각을 해."

"아니야. 나는 여기서 이렇게 주저앉을 생각이 없다. 너 머리 좋잖아. 그 머리 좀 쥐어 짜봐라."

진수가 벌떡 일어나며 말했다.

"야, 나 간다. 내 머리라고 뭐 별수 있는 줄 알아?"

진수는 문을 열고 나가버렸다.

형진은 진수의 등을 바라보며 싱긋이 웃었다.

형진이가 집에 들어오는데 차고에 못 보던 검은색 에쿠스가 놓여 있었다.

형진이가 현관에 들어서니 아내와 누나가 거실에서 앉아 있었다. 두 사람은 이제 돌이 지난 형진이 아들의 재롱을 보고 있었다.

누나가 형진이를 보며 말했다.

"얘, 명석이가 이제 뛰어다닌다."

명석이는 형진이를 보자 안겼다. 형진은 명진이를 안으면서 누나에게 물었다.

"차고에 있는 에쿠스 혹시 누나 차야?"

"어, 그거 내가 새로 산 차야. 어때 그럴 듯하지?"

"차 좋던데. 얼마나 준 것이야?"

"일억 이천."

"누나, 집에 있으면서 저렇게 좋은 차를 무엇에 쓰려고?"

낭비는 달가워하지 않는 형진이었다.

돈을 쓰는 재미를 알아버리면 자칫 모으는 것보다 쓰는 것에 더 재미를 들일수도 있었기에 그 점이 염려스러운 것이다.

"얘. 돈 가지고 있어서 무엇 하냐? 돈이란 쓰자고 있는 것인데. 그래서 큰마음 먹고 에쿠스 한대 뽑았다. 사실은 나는 벤츠를 사고 싶었는데 참았다."

형진이는 머리를 흔들면서 아기를 내려놓고 이층으로 올라갔다.

집안에 큰돈이 들어오자, 누나는 서서히 변하기 시작하였다. 그전엔 사치하고서는 거리가 먼 사람이었는데, 이제는 명품이란 것으로 몸을 휘감고 있었다.

어머니, 아버지는 옛날이나 변함이 없는데 누나는 아직

젊어서 그런 모양이다.

그는 자기 아내 수진이가 누나한테서 물들까봐 걱정이었다.

형진이가 씻고서 거실로 내려가니 아내가 밥상을 차려 놓았다. 그가 식사를 하는데 누이가 맞은편에 와서 앉았다.

"얘. 너희 회사에서 사옥을 산다며?"

"지금 물색 중이야. 적당한 건물 있으면 사 들이던가, 새로 짓던가 할 생각이야."

그러자 누나가 잔뜩 걱정스런 표정으로 식사를 하고 있는 형진에게 얼굴을 들이밀었다.

"그럼 난 큰일 아니냐?"

"아니! 뭐가 큰일이야?"

"내 건물을 아래층만 빼고 몽땅 너의 회사가 차지하고 있는데… 너의 회사가 이사 가면 건물이 텅 비게 되잖아?"

"하하, 그게 무슨 걱정이야. 건물을 다시 세를 놓으면 되지."

"건물을 세놓으면 세입자들이 들랑날랑 해서 영 귀찮은데."

"누나, 그런 것이 귀찮으면 사람이 어떻게 살아?"

"호호호, 배가 부르니 잔꾀만 생기고 내가 생각해도 큰일이다. 집에서 놀고 있으니까 점점 게을러지고 만사가 귀찮아진다."

"누나, 그러지 말고 누나도 우리 회사에 나와서 일을 해. 노는 것도 하로 이틀이지 사람이 어떻게 계속해서 놀고 먹어. 아버지를 보라고, 저 연세에도 가게에 나가셔서 일을 하잖아."

"글쎄… 나도 좀 생각해 봐야겠다."

누나는 은행을 다닐 때만 해도 아주 부지런한 사람이었다.

그리고 매우 검소하고 알뜰하게 살림하던 사람이었는데, 몇 년 사이에 다른 사람으로 변해 있었다.

형진이는 저러다 누나를 아예 망쳐 버리는 게 아닌가 하고 걱정을 했다.

2015년 1월 달에 들어서면서 기승을 부리던 천연두는 사그라지더니 사라졌다.

형진이는 부장과 새로 지을 사옥에 대하여 의논하고 있었다.

"회장님, 종로 2가에 있는 건물 두 필지를 사들이면 천팔백 평이나 됩니다. 이 땅은 원래 땅 주인이 여기에다 큰 건물을 지으려고 오랜 세월을 두고 작은 건물 여러 채를 사드린 것입니다. 그런데 요즈음 부동산 경기가 안 좋아서 팔려고 하는 것입니다. 종로에는 작은 건물들이 많아 이처

럼 큰 땅은 구하기가 어렵습니다."

"땅값은 얼마나 달라고 합니까?"

"평방미터당 칠백만 원을 요구하고 있습니다."

"알았습니다. 이따가 임원들과 상의해서 결정하겠습니다."

총무부장이 나가자 뜻밖에 진수가 들어왔다.

"서 사장이 웬일이냐?"

"보고할 것이 있어서 왔지."

"보고? 무슨 보고……?"

진수는 소파에 털썩 앉으며 다소 흥분한 표정으로 말했다.

"야. 내가 우리 회사 인수하자마자 대박을 터트렸다."

"대박이라니, 혹시 백신 말인가?"

"그래. 우리 회사가 그동안 백신을 삼억 육천 개나 팔았다."

형진은 중얼거리면서 빠르게 계산을 해봤다.

"삼억 육천 개라면… 십조 원이나 되는 거 아니야?"

"맞아. 드디어 나도 매출 십조 원을 돌파했다."

"와! 대단하다. 우리 미리내도 겨우 육조를 돌파 했는데. 그 쪼그만 회사에서… 정말 대단하다. 그런데 얼마나 남은 거냐?"

"뭐, 대충 절반은 남지 않겠어."

진수는 말하고서는 환하게 웃었다.

"뭐야. 그럼 오조나 남았다는 말이잖아?"

"하하, 그 정도는 아니고. 사조원은 좀 넘어 섰지."

"야! 그 약장사도 잘하면 괜찮구나?"

"이런 호기는 해방이후 처음 있는 일이란다. 그런데 우리가 그 기회를 잡은 것 아니냐?"

두 사람은 진심으로 기꺼운 표정으로 대화를 나누고 있었다.

"잘했다. 그런데 이것은 단발성으로 끝나는 일 아니냐?"

"그렇긴 하지만 기회를 잡은 것은 틀림없지. 네 말 대로 이 돈을 모두 채권을 사도 일 년에 이 천억은 된다. 그리고 이 돈으로 연구소를 확대해서 신약을 개발하면 언젠가는 또 대박을 터트릴 수도 있다."

"하하, 정말 그 돈을 채권에 투자할 것이냐? 하기는 우리 회사도 올해 이익이 이조 오천억 이 넘으니 어디엔가 투자를 해야지. 그러지 말고 우리 회사에 투자부를 설치해서 유보해둔 돈을 기술적으로 투자하는 방법을 찾아야 하겠다. 그런데 신약 개발이 그렇게 쉽지 않을 터인데……."

"쉽지 않아도 멀리 내다보고 시작을 해야지. 이왕 말이 나온 김에 연구원을 두 배로 확대해서 본격적으로 신약 개발을 해야겠다."

"그것은 그렇게 하고, 명절이 다가오는데 사원들 떡값은

주어야 하지 않겠어?"

"그거야 작년처럼 월급에 백퍼센트 보너스를 주도록 하지."

"그리고 인건비도 올려주어야 하지 않겠어?"

"작년에 20%를 올려주었는데… 올해에도 또 올려 주냐?"

"그렇긴 하지만, 우리 회사는 다른 대기업에 비하여 아직도 연봉이 매우 작잖아?"

"그럼 또 20%를 올려주려고? 그래 보았자 근로자들 연봉이 4300만원 밖에 안 되는데. 다른 대기업에 비하여는 아직도 적은 것이지."

"생긴 지 얼마 안 된 회사인데 단번에 그들을 쫓아 갈수야 없지. 내년에 한 번 더 올려주면 거의 비슷하게 될 것이다."

진수가 씩 웃으며 말했다.

"처음 우리 회사가 문을 열었을 때 근로자들이 연봉 2400이었는데, 일 년 만에 3000만 원이 되고, 이 년이 지나자 3600만 원이 되지 않았냐? 이 정도면 우리 회사는 엄청 양심적인 회사가 아닌가? 거기에다 이번에 또 올려주면 우리 근로자들도 자부심을 갖고 일할 수 있잖아? 사실 월 360만 원이면 먹고 살만 하지 않을까?"

형진이가 머리를 흔들었다.

"나는 말이다. 내 밑에서 일하는 사람이 가장 많은 월급을 받기를 원해. 매출과 이익도 다른 대기업을 앞질러야 하지만, 임금도 가장 많이 주는 회사가 되어야 해. 그래야 우리나라 중산층이 두터워 진다고."

"뭐? 중산층이라고? 우리 회사 월급 받아서 중산층이 되겠어?"

"연봉 칠팔천만 원 받으면 중산층이지, 다른 특별한 게 있냐?"

"하하, 연봉을 칠팔천 만원까지 올려 주겠다고? 다른 회사에서는 어떻게 하면 인건비를 따먹나 하고 생각하고 있는데 너는 어떻게 정 반대냐? 인마, 그런 이상을 가지면 기업해서 큰돈을 못 벌어."

"야! 치사하다. 기업을 잘 운영해서 돈 벌 생각을 해야지. 인건비 착취해서 돈 벌 생각을 하면 되냐? 나는 이상주의자가 아니고 현실주의자야. 내 지론은 줄만큼 주고 일 또한 시킬 만큼 일을 시키겠다는 것이다. 노사 간에 양쪽이 다 공평해야 되는 것 아니야?"

진수가 다시 말했다.

"그럼 우리 제약회사도 떡값으로 월급의 100퍼센트를 주고 연봉도 20% 올려 줄까?"

"그렇게 해. 이제 우리 계열 회사이니 인건비도 비슷해야지."

"우리 회사의 근로자들은 이백 만원 정도 밖에 못 받는데, 20% 올려준다면 좋아하겠다."

"아무리 근로자라 해도 월 삼백만 원 이상 가져야 먹고살지. 그래야 직장에 대하여 애착을 가질 것 아니야? 우리나라는 대기업과 중소기업 간에 인건비 차이가 너무 많아. 그러니 빈부의 차가 갈수록 많아지는 것 아니야? 내가 하루속히 대기업이 되려는 것은 사람을 많이 고용하고 인건비를 넉넉히 주어 세상이 보다 살기 좋게 하려는 것이다."

진수가 갑자기 한숨을 내쉬며 말했다.

"지금 국제 석유가격이 배럴당 150불이나 한다. 우리나라는 죽으라고 수출을 해서 벌어들인 돈 모두를 석유를 사드리는데 다 쓰고 있다."

그렇기 때문에 결코 안주할 수 없고 끊임없이 노력을 해야 하는 것이다.

"그러니 우리나라가 어떻게 살기 좋은 나라가 될 수 있겠냐? 거기에다 천연가스까지 수입하니 참으로 어지간히 벌어서는 감당할 수가 없는 나라다."

"우리나라가 석유를 얼마나 수입하는데 네가 그러냐?"

"지금 매일 240만 배럴을 수입하고 있다. 이것을 돈으로 환산하면 삼억 육천만 불이나 된다. 거기다 천연가스까지 합하면 오억 불이 넘을 것이다. 원유 수입 비용으로 일 년에 천팔백억 달러나 빠져 나가니, 우리나라가 어떻게 부유

한 나라가 되겠냐?"

"그거야 일본도 마찬가지 아니야? 우리나라에서 생산되지 않는 석유를 걱정해서 무엇 하냐? 그저 열심히 일해서 외화를 벌어드리는 수밖에 더 있냐?"

"그러자니 얼마나 힘이드냐. 거기에다 매년 석유와 천연가스 값이 올라가니 외화는 점점 더 빠져 나가야 하잖아. 그러니 아무리 벌어도 그 흔적이 남지 않는 것이다."

"하하, 너무 걱정하지 마라. 우리 미리내가 왕창 돈을 벌어드리면 되잖아?"

"너는 곧 죽어도 큰소리만 칠 녀석이다. 도대체 뭘 해서 그렇게 큰돈을 벌어?"

"그거야 머리 좋은 네가 찾아내야지."

"내가 너하고 무슨 말을 더 하냐?"

잠시 씩씩거리던 진수가 형진이를 보고 물었다.

"내년에 미리내의 매출은 얼마나 될 것 같아?"

"글쎄… 최소한 십조는 넘지 않을까?"

"십조만 되어도 우리나라 40대 안에 드는 대기업이 될 거다. 기업을 시작한지 사년 만에 이정도로 큰 기업을 만들 수 있었다면 크게 성공한 것이지."

형진이는 단호하게 말했다.

"나는 절대로 그 정도로 만족할 수 없다. 그러니 네가 머리를 짜내서 이 전지회사보다 더 좋은 아이디어를 내

놓아봐."

"아니, 기업이란 게 그렇게 때를 쓴다고 될 일이냐? 그런데 유휴자금을 관리하기 위해선 투자부를 설치한다고 했는데 어떻게 되었어? 아니면 우리 제약회사에도 투자부를 설치해야 할까?"

"우리 회사는 이미 투자부를 만들었어. 아무래도 너희 회사는 너희 회사대로 따로 투자부를 만드는 것이 좋을 것 같다. 그리고 양측 투자부가 서로 정보교환과 투자에 대하여 의논과 조율을 하도록 하자."

"그래. 그럼 우리 제약회사도 투자부를 따로 만들도록 할게."

그러자 형진이 다짐을 받듯 진수에게 발했다.

"그리고 투자부에서 주식은 절대로 취급하지 말라고 해. 모름지기 투자란 것이 얼마간 남으면 남았지, 손해 보는 것은 절대로 안 된다. 그러니 결코 주식에 투자하는 것은 내 허락 없이는 무조건 안 된다."

진수가 눈이 동그래져서 형진을 바라봤다.

"넌 주식으로 돈을 벌고서도 어떻게 그런 말을 태연하게 하냐?"

물론 오늘날의 형진이 있기까지는 주식투자가 큰 비중을 차지했지만, 형진은 자신은 특별한 경우라고 믿었다.

그런 기회가 다시 자신에게 온다는 보장이 없었기 때문

에 앞으로 주식투자 만큼은 무조건 사양하고 싶은 생각이었다.

"아니야, 주식은 너무 위험해. 그리고 당분간 세계경제가 좋아질 이유가 없다. 하여간 난 주식투자 만큼은 무조건 반대다."

"알았어. 네가 싫다는 것을 내가 굳이 할 이유도 없지. 그런데 제4아파트형 공장은 언제 준공되는 것이냐?"

"이달 말에 준공이 될 것이다. 그럼 곧 기계시설에 착수할 것이다."

"그 공장이 완성되면 이제 공장은 충분한 것이냐?"

"글쎄. 내가 앞으로의 일은 알 수 없잖아… 그러나 지금으로서는 충분해."

"핸드폰 전지는 얼마나 생산하는데?"

"지금 매일 칠십오만 개를 생산하고 있어."

"내가 들으니 우리나라 소형 전기자동차가 아주 인기가 좋다고 하던데… 전기차가 가솔린차보다 싸고 유지비도 덜 든다고 반응들이 엄청 좋단다."

"그래서 자동차 전지가 제법 많이 나가고 있다."

"얼마나 나가는데?"

"한 달에 이십만 개를 돌파했다. 그리고 현재 주문도 급속도로 늘어나고 있거든. 이걸 보아서는 앞으로 세계는 전기자동차가 대세일 것 같아. 그래야 나도 돈 좀 벌지."

"그럼 아이패드와 노트북에 쓰는 전지는?"

"그것은 아직 매일 십만 개 밖에 안 나가. 그쪽은 그렇게 큰 기대를 할 수 없을 것 같아."

"하하, 다 잘되는 경우가 어디 흔하냐? 그런데 주문형 전지는 어때?"

"그것도 공장 하나는 풀가동하고 있으니 괜찮은 편이다. 그런데 일본에서는 일억 달러짜리 전지를 주문하고 있는데, 우리 한국 해군은 무얼 하고 있는지 모르겠어?"

"그게 무슨 말이냐?"

"일본에서 일억짜리 전지를 사 가는데, 그것을 무엇에 쓸 것 같으냐?"

"글쎄……."

"그거 잠수함에 쓰려고 사가는 것이다. 그런데 우리 해군은 아직도 감감 무소식이다. 우리 해군이 가지고 있는 잠수함에 전지를 이것으로 바꾸어도 그 위력이 이삼 배는 늘어날 터인데, 그들이 무슨 생각을 하고 있는지 모르겠어. 그리고 영국에서도 우리 전지를 구입하기 위하여 상담하는 중이다."

"그런 일도 있었냐? 그럼 우리 해군에게 이런 전지가 있다고 말을 해주지?"

"당연히 가장 먼저 모든 자료를 보내 주었지. 그러나 일본과 영국은 자료도 안 보내 주었는데도 알아서 찾아오지

않았냐? 이것만 보아도 우리 해군이 안보에 얼마나 등한
한지 알 수 있는 일이다?"

"그런데 잠수함 전지가 일억 달러씩 들어?"

"기존의 잠수함엔 그렇게 큰돈이 들지 않는대. 그러나
새로 건조하는 잠수함엔 일억 달러 이상의 전지가 필요하
다고 하더라고."

"그것은 어째서 그래?"

"새로 건조하는 잠수함엔 발전을 일으키기 위한 디젤 엔
진이 필요가 없으니까 막대한 전지를 실어야지. 전문가들
의 이야기로는 삼천톤급 잠수함이 이 전지를 한번 충전하
면 육 개월간 작전을 할 수 있다고 하더군."

때문에 기존의 작전계획서를 다시 만들어야 되는 상황이
오게 되었다.

"그것도 원자력 잠수함과 똑같이 물속에서 삼십 노트 이
상을 놓을 수 있다고 하더군. 쉽게 말해 원자력 잠수함 보
다 더 유리하다는 것이다. 원자로도 없고 발전기도 없으니
소음도 적고 무게도 가볍다는 것이다."

그런 점 때문에 각국에서 지대한 관심을 보이고 있는 것
이다.

"우리 전지는 잠수함을 만드는 데 아주 획기적인 동력이
라는 것이다. 그런데 정작 우리 해군은 꼼짝하지 않으니
이거 열 받아서 어디 살겠냐."

"그것은 네가 잘못 생각하고 있는 것일 게다. 우리 해군이라고 꼴통들만 모여 있는 것이 아니잖아. 그들도 이 문제에 대하여 심각하게 고민하고 있을 거다. 조금만 기다려 보면 무슨 연락이 있을 것이다."

"그렇게만 해주면 얼마나 좋겠는가. 강대국 사이에 끼어 있는 우리 군이 안보에 이렇게 둔한 하다니 나로서는 도저히 이해할 수 없는 일이다."

"무슨 소리야. 우리 군이 안보에 얼마나 민감한데 그런 말을 하는 것이냐. 글쎄… 좀 기다려 보라니까."

진수가 돌아가자 형진이는 기분이 좋았다.

그가 별로 기대하지 않았던 G제약사가 엄청난 이익을 내었기 때문이다.

비록 단발로 끝나는 이익이었지만, 사조억 이란 큰돈은 그 이자만 가져도 회사를 운영하고 주주들에게 배당까지 주고도 남기 때문이다.

진수가 신약 개발에 전력을 다하겠다고 했지만, 그것은 단기간에 효과를 기대할 수 없다.

그러나 꾸준히 지속하면 언젠가는 무엇인가 터져도 꼭 터질 것이다.

이번에 남긴 큰 이익은 신약 연구를 지속적으로 지원할 수 있게 된 것이다. 제약뿐만 아니라 모든 기업은 신제품을 지속적으로 개발해낼 능력이 있어야 한다는 것이 형진의 생각이었다.

　형진이 신문을 보니 태안반도 서쪽 60km 지점 바다에서 석유가 발견되었다고 나왔다.

　이 석유는 L석유화학 회사에서 이 년 전에 시추하여 발견한 것인데, 매장량을 확인해 본 결과 십억 배럴이나 된다는 것이다.

　또 석유도 질이 매우 좋은 경질유라는 것이다.

　형진이가 가만히 생각해보니 지금 한국이 매일 240만 배럴에 석유를 수입하고 있으니, 이 석유는 한국이 400일 동안 사용할 수 있는 석유다.

　그리고 돈으로 환산하니 천오백억 달러나 되는 것이다.

　형진이는 이 기사를 보고 혼자 중얼 거렸다.

　"천 오백억 달러면 꽤 큰돈인데… L석유회사가 이제 크게 발전하겠는데."

　형진이는 자기에게도 그런 큰 행운이 찾아오지 않는 것을 안타까워하면서 픽 웃었다.

　생각해보니 자기 욕심은 가당치도 않은 것이다. 석유 탐사도 안하면서 그런 행운을 부러워한다는 것은 말도 안 되는 짓이었기 때문이다.

　그는 이정도의 석유라면 우리나라에 얼마나 도움이 될 것인가를 생각했다. 생각해보니 비록 큰돈이긴 하나, 한

국의 국력에 비하여 대단한 것은 아닌 것 같았다.

같은 시간 청와대에서 L석유회사의 오 회장과 대통령이 자리를 마주하고 있었다.

오 회장이 먼저 입을 열었다.

"대통령님, 우선 태안반도 앞바다에서 발견된 석유의 매장량은 신문에 발표된 것과는 많이 다름을 말씀드립니다."

대통령은 뜻밖의 말에 다소 놀란 표정으로 오 회장을 바라봤다.

"다르다니 무엇이, 어떻게 다르다는 말씀입니까?"

"사실 태안 앞바다에 있는 석유 매장량은 최소한 200억 배럴 이상이 됩니다. 유징(油徵, 지하에 원유가 존재함을 나타내는 징후. 지하에 매장된 석유의 일부가 지표로 스며나오거나, 석유를 함유한 지층의 일부를 지표에서 볼 수 있는 경우를 말한다)이 태안 앞바다에서부터 중국의 경제 수역까지 길게 뻗어 있습니다."

대통령의 표정이 애매하게 변했다.

"제가 말씀드린 매장량은 우리 경제수역 안에 있는 것만을 말씀드린 것입니다."

대통령은 오 회장을 똑바로 쳐다보다가 입을 열었다.

"200억 배럴이라면 그것이 얼마나 되는 것입니까? 좀 구체적으로 설명해주시오. 나는 감이 잘 안 오는데…….."

"지금 우리나라는 매일 원유를 240만 배럴씩 수입하고 있습니다. 이것을 돈으로 환산하면 삼억 육천 만 불입니다. 이 말은 우리나라는 석유를 수입하기 위하여 막대한 외화를 소비하고 있다는 뜻입니다. 그런데 태안 앞바다의 석유는 우리나라가 8000일 동안 사용할 수 있는 막대한 양입니다. 그곳에서 석유만 가져도 우리나라가 20년간 석유를 사용할 수 있습니다. 이것을 돈으로 환산하면 삼조 달러나 되는 것입니다."

대통령은 머리를 끄덕이며 환하게 웃었다.

"무슨 말씀인지 잘 알겠습니다. 그런데 매장량을 정확하게 발표하지 않은 이유는 무엇입니까?"

"우리가 매장량을 사실대로 발표했다면, 중국은 즉시 서해에 있는 자기들의 경제수역에 시추를 할 가능성이 있습니다. 만약 양국이 같은 바다 위에서 석유를 퍼 올린다면, 분명히 분쟁이 일어날 가능성이 있습니다."

또한 중국이 과연 자기들의 경제수역에서 시추하는 것으로만 만족을 할까?

"그리고 유징이 있는 배사구조가 우리 쪽으로 기울어져 있어 중국 측에서 이 사실을 알면 시비를 걸어 올 가능성이 다분하게 있습니다. 또 우리 땅에 석유가 많이 나는 것이 밝혀지면 다른 나라에서 원유를 팔라고 할 가능성도 있

습니다. 이래저래 매장량을 비밀로 하는 것이 우리나라에게는 유익하다는 저의 판단이었습니다."

가슴이 아프고 화가 나는 일이었지만, 그것이 현재 대한민국이 처한 입장이었다.

"배사구조가 우리 쪽으로 기울어져 있다는 것이 무슨 말입니까?"

"유징은 우리나라에서 중국 쪽으로 길게 이어져 있습니다. 그리고 판구조가 우리 쪽으로 기울어져 있습니다. 쉽게 말해서 우리가 먼저 석유를 퍼 쓰면, 중국 쪽에 있는 석유가 우리 쪽으로 흘러오게 되어 있다는 뜻입니다."

어떻게 보면 다행이지만 참으로 민감하고 또한 난감한 문제라는 말이었다.

"중국도 매장량 확인 시추를 하게 되면 이 사실을 금방 알게 될 것입니다. 저들이 이러한 사실을 알면 어떤 트집을 잡을지 알 수가 없는 일입니다. 그러니 서둘러서 우리가 석유를 뽑아 올려야 합니다."

"무슨 말인지 알겠습니다. 그렇다면 정부에서는 귀사가 석유를 빠른 시일 안에 퍼 올리도록 최선을 다해 돕도록 하겠습니다. 그런데 그곳에서 석유를 하루에 얼마나 뽑아 올릴 생각이십니까?"

결국은 대부분이 철저한 보안을 유지한 채 진행이 되어야 한다는 말이었다.

"지금으로선 하루에 백만 배럴이상을 뽑아 올릴 계획을 하고 있습니다."

아무리 철저한 보안을 유지하더라도 한계가 있는 이상 최대한 빠른 시일 안에 많은 양을 뽑아낼 수밖에 없는 상황임을 알기에 대통령의 표정에도 긴장이 묻어나왔다.

"백만 배럴이면 우리의 외화가 얼마나 절약 됩니까?"

"하루에 일억 오천만 불 정도가 절약됩니다. 그럼 일 년에 오백사십억 달러가 절약됩니다."

"아! 대단하군요. 이 정도 매장량이면 거의 세계적인 규모이겠군요."

"네, 그렇습니다. 세계 어디에 내 놓아도 부족하지 않은 매장량입니다. 또 지금도 계속 석유가격이 오르고 있으니, 삼 년 후라면 석유 값이 180불에서 200불에 이를 것입니다. 그때 가서는 이 석유가 우리 경제에 막대한 이익을 가져 올 것입니다."

"삼년 후라 하셨습니까? 그럼 삼 년 후부터는 석유를 뽑아 올릴 수 있단 말입니까?"

오 회장이 그윽한 시선을 대통령을 바라보면서 대답을 했다.

"예. 정부에서 협조만 잘 해준다면 충분히 가능한 일입니다."

"걱정 마십시오. 정부는 이일에 최선을 다 하여 모든 지

원을 아끼지 않도록 하겠습니다."

　태안 앞바다에서 석유가 나왔다는 기사가 나온 뒤에 국
민들은 그 매장량이 적음으로 인해서 별다른 반응을 보이
지 않았다.
　또 바다에서 피 올리는 석유라면 송유관을 설치하는데
상당한 시간이 걸린다. 그러니 당장 국민에게 무엇인가 도
움을 가져다주지 못할 것이라고 생각했다.
　형진이가 피곤함을 느끼고 소파에 가서 앉는데 전무가
들어왔다. 형진이는 그를 보자 자리를 권했다. 전무는 소
파에 앉으며 말했다.
　"미국 M모터스에서 자동차용 전지를 월 오만 개를 주문
했습니다."
　"그럼 우리는 매달 자동차용 전지 이십오만 개를 생산해
야 하지 않습니까?"
　"그렇습니다."
　"그럼 앞으로 더 주문이 들어오면 공장 근로자가 연장근
무를 해야 하겠군요."
　"예, 그렇습니다."
　근로자들의 피로도가 누적되지 않도록 조속한 해결책을
만들어야 한다는 생각에 형진의 이마에 주름이 깊어졌다.
　"홍보부에 연락해서 아이패드와 노트북용 전지를 널리

선전하라고 하시오. 그쪽은 주문이 너무 미약합니다."

"그쪽도 주문이 계속 늘어나고 있습니다. 아무래도 그쪽
은 소비에 한계가 있으니 시간이 좀 더 필요합니다."

"좋습니다. 좀 더 기다려 보도록 합시다."

가파른 상승

사월달이 되자 제4아파트형 공장이 완공되었다.

형진이는 공장이 완공되자 시찰을 나갔다. 이날 형진이는 진수도 불렀다.

공장에 도착하니 문 앞에서 진수가 경호와 함께 마중을 나왔다.

형진이는 두 사람과 악수를 하고 공장안을 살펴봤다. 공장문은 서쪽에 있는데 문 오른쪽에 실험실이 있었다.

또 정면 동쪽에 순서대로 제1아파트형 공장과 제 2, 제3 아파트형 공장이 나란히 있었다.

그리고 남쪽으로 이번에 지은 제4아파트형 공장이 서 있었다. 삼만오천 평의 공지(空地)에는 네 개의 공장과 한 개의 실험실이 있었다.

그리고 왼쪽에는 근로자들이 아이를 맡겨놓는 어린이 집이 있었다.

그들이 제4공장에 도착하니 문 앞에 공장장이 기다리고 있었다. 공장장은 그들을 제4공장안으로 안내했다.

공장장은 일층부터 자세하게 설명했다.

"회장님, 여기 일층은 주문형 전지를 생산하는 제16공장입니다. 제15공장과 16공장은 주문형 전지를 생산하는 곳입니다. 지금 15공장에서는 영국에서 주문한 전지를 생산하고 있습니다."

형진을 비롯한 두 사람은 공장장의 설명을 들으면서 시설 여기저기를 살펴보고 있었다.

"그리고 이곳에서는 미국 뉴욕시에서 주문한 전지를 생산하고 있습니다. 이 전지는 한 개에 일천만 Kw의 전기를 충전할 수 있습니다. 모두 열 개를 주문했는데, 이달 말이면 완성됩니다. 이 전지는 뉴욕시가 정전이 되었을 때를 대비하여 주문한 것입니다. 이 전지를 가지면 뉴욕시에 10시간 동안 전기를 공급할 수 있습니다."

그는 이층으로 올라가자 다시 설명을 했다.

"여기는 자동차용 전지를 생산하는 17공장입니다. 이 공장에서는 일일 자동차용 전지 일만 개를 생산할 수 있습

니다. 그리고 제14공장에서도 자동차용 전지를 생산합니다."

삼층에 올라오자 공장장은 다시 설명했다.

"이 18공장은 아이패드와 노트북을 생산하는 공장입니다. 이 공장에서는 일일 오만개의 전지를 생산합니다. 제12, 13, 18공장이 모두 아이패드와 노트북용 전지를 생산합니다."

일행은 삼층의 시찰을 마치고 사층으로 올라갔다.

"19공장과 5층의 20공장은 모두 핸드폰형 전지를 생산하는 공장입니다. 이 핸드폰형 전지공장은 모두 13개 공장으로 하루에 65만개의 전지를 생산할 수 있습니다. 그러나 지금 주문이 밀려서 10개 공장이 연장근무를 하고 있습니다."

형진이가 돌아보니 모든 근로자들이 일을 열심히 하고 있었다.

그가 복도에 나가보니 커피 자판기가 놓여 있었다. 형진이가 공장장을 보며 물었다.

"커피를 뽑으려면 얼마를 넣어야 합니까?"

"백 원만 넣으시면 됩니다."

형진이가 보니 커피자판기가 모두 3개가 있었다. 또 냉온수기도 3대가 놓여있었다.

"이것들은 매 층마다 이렇게 설치가 되어 있습니까?"

"예, 이십 개 공장에 모두 이와 같이 설치되어 있습니다."

"매층마다 근로자가 오백 명이 있지 않습니까? 그런데 이것을 3대씩 놓아가지고 되겠습니까?"

공장장이 형진의 의도를 잘 몰라서 머뭇거리다가 이내 뒷머리를 긁적이면서 대답을 했다.

"사실은 제가 보기에도 많이 모자랍니다. 쉬는 시간마다 줄을 서서 커피와 물을 먹습니다. 그래서 줄이 길게 늘어서기도 합니다. 때문에 어떤 근로자는 아예 생수를 가지고 옵니다."

"그럼 총무부에 말해서 커피자판기와 냉온수기를 3대씩 더 설치하라고 하십시오."

형진이가 운동장을 보니 자동차가 어지럽게 놓여 있었다. 그것을 보고 공장장에게 물었다.

"주차장에 왜 선을 그어 놓지 않았습니까?"

"그동안 계속 공장을 짓고 있어서 주차장을 잘 정비할 수가 없었습니다."

"운동장을 보니 쉬는 시간에 사원들이 쉴 만한 시설이 전혀 없습니다. 모두 모여 의논해서 안락한 휴식처를 만들도록 하십시오. 그리고 주차장엔 아스팔트를 깔고 주차시설을 잘 만들도록 하십시오."

형진의 지시사항을 받아 적던 공장장이 즉시 허리를 펴

고 대답을 했다.

"즉시 총무부에 요구하겠습니다."

형진이는 다시 한 번 공장들을 돌아보며 말했다.

"아무래도 제5아파트형 공장을 하나 더 세워야 할 것 같습니다."

그러자 공장장이 즉시 대답했다.

"지금으로서도 공장이 두 개가 부족합니다. 만약 주문이 더 들어오면 감당하기 어려워 질것입니다."

"그럼 곧 서둘러서 제5아파트형 공장을 짓도록 합시다."

형진이는 공장시찰을 마치고 실험실로 가봤다.

경호는 실험실 옆에 지어놓은 원통형 건물을 가리키며 말했다.

"저 건물이 블랙홀을 실험할 곳이다. 지금 유 박사와 연구진은 실험에 필요한 기기들을 주문하여 설치 중이다."

형진이는 원통형 건물로 가봤다.

건물은 지름이 10m 정도 되고, 높이는 20m 정도 되었다. 형진이 안으로 들어가니 유 박사의 지시 아래 각종기기를 설치 중이었다.

형진이 보니 실험기기는 유 박사의 지시에 따라 기술자들이 열심히 조립하고 있었다.

유 박사는 형진이를 보자 얼른 달려와서 인사를 했다.

"회장님, 오셨습니까?"

형진이 마주 공손하게 인사를 했다.

"예, 공장을 시찰하러 왔다가 잠깐 들렀습니다. 어떻게 실험은 잘 진행되고 있습니까?"

"예, 계획대로 잘 진행되고 있습니다."

"언제쯤 실험을 하게 됩니까?"

"올 11월 달에 실험기기가 완성됩니다. 그럼 곧 실험을 하게 될 것입니다."

"제가 도울 일이 있으면 언제든지 말씀하십시오."

"알겠습니다. 꼭 실험에 성공해서 회장님의 은혜에 보답하겠습니다."

"그럼 수고하십시오."

형진이는 진수와 함께 본사로 돌아 왔다.

회장실로 들어오자 형진이는 소파에 앉으며 말했다.

"3월 말에 송 사장님이 은퇴를 하시니, 네가 다시 사장으로 와야 하지 않겠니?

"그야 당연하지. 사실 처음부터 내가 사장이 되었어야 하는데, 경영기법을 잘 몰라 양보한 것이지. 이젠 나도 잘 할 수 있다고."

"야! 사장을 맡아 하라면 한번쯤은 사양하는 척이라도 해야 하잖아?"

"하하, 내가 좀 정직하잖아. 그런 가식적인 일에는 내가 영 서툴러서."

"뭐? 정직해서 그렇다고? 알았다. 그럼 G제약회사의 사장은 누구로 임명하냐?"

"그 회사의 전무가 아주 성실하고 능력이 있는 사람이다. 나는 내 후임으로 그 사람을 택하고 싶어."

"뭐, 네가 믿을 수 있다면 그렇게 하지. 그런데 오늘 공장을 돌아보니 근로자들을 위한 복지시설이 전혀되어 있지 않았어. 이거 이대로 두어선 안 될 일이다. 다른 대기업이 어떻게 하고 있는지 살펴보고, 근로자들을 위한 편의시설을 서둘러서 해야 할 것이다."

"우리가 그런 면에 좀 둔한한 점이 있기는 했지만, 그동안 공장을 짓고 사업을 확장하느라고 그런 것을 생각할 여유가 없었다. 그 일은 이제부터라도 잘 생각하여 실행하면 될 것이다."

"하여간 네가 사장으로 부임해야 비로써 이 회사가 자리를 잡을 것이다."

"알았다. 내가 회사로 돌아가면 곧바로 인수인계 할 준비를 할게."

진수가 나가자 형진이는 올해 매출이 얼마나 될 것인가를 생각하며 즐거워하고 있었다.

그의 생각으로는 지금처럼 생산한다면 적어도 매출이 12조는 넘어설 것 같았다. 형진이가 세운 미리내 회사는 매년 두 배 이상 매출이 늘어나고 있었다.

내년에도 두 배 이상 매출이 늘어날 것은 거의 확실하다.

그렇게 되면 한국의 대기업 중 매출 규모로는 20위 안에 드는 큰 기업이 되는 것이다.

그러나 내년이 지난 내후년에는 전지 판매가 정점에 이르게 될 것이다. 내년까지는 매출이 두 배 이상 늘어날 수 있지만, 내후년에는 그럴 가능성이 전혀 없어 보였다.

그는 문득 중얼 거렸다.

"내후년에는 한계에 도달할 터인데… 새로운 제품을 개발해야 하는데, 지금으로서는 앞이 안 보이는 구나."

그는 이런 생각을 하며 한숨을 내쉰다. 그러나 형진은 자신이 얼마나 허황된 생각을 하고 있는 지는 전혀 생각하지 못하였다.

두 달이 지난 삼월 중순이 되자, 미리내의 송 사장은 은퇴를 하고 진수가 사장으로 부임 하였다.

사장 자리는 처음부터 진수가 맡기로 했던 자리였다.

다만 회사를 처음 세운 관계로 진수는 경영에 대하여 깊이 아는 것이 없었다. 그래서 당분간 전문 경영인을 초빙하여 회사를 맡겼던 것이다.

다행이 진수는 총명하고 지혜로워서 짧은 시간 안에 경영의 묘를 터득하였다.

오후가 되어 진수가 회장실로 들어왔다. 형진이는 진수를 보며 물었다.

"어때, 할만 해?"

"어! 처음엔 좀 걱정했으나 일을 맡고 보니 뭐 별것도 아니야. 사람이 하는 일은 다 거기서 거기라 웬만한 사람이라면 다 할 수 있는 것이다."

"짜식! 큰소리를 치는 것을 보니 일이 할 만한 모양이구나."

"하하, 조그만 제약회사에 있다가 여기에 오니 마치 엄청나게 큰 회사 같은 기분이 들었다."

"이제 제5아파트형 공장만 완공하면 우리기업은 한계에 다다르게 되는데, 무슨 대책이 있어야 하잖아?"

그러나 진수는 급할 것이 없다는 표정이었다.

"너는 너무 성미가 급해서 탈이다. 이 회사도 아직 정상에 오른 것이 아니야. 때문에 우선은 이 회사라도 정상에 올려놓고 다른 사업을 구상 해야지. 너무 서두르지 말고 여유를 가져봐."

"이 회사는 이제 자리가 거의 다 잡혔는데 뭘 더 기다려? 무엇인가 새로운 일을 찾아야지."

"지금 유 박사가 실험하는 블랙홀도 있잖아. 좀 기다려

라. 너 때문에 나까지 혼란스러워져. 세상이 꽉 짜여 있는
데 새로운 사업을 시작하기가 어디 그렇게 쉽냐?"

그렇지만 형진은 편안하게 안주하고 싶은 마음은 조금도
없었다.

"새로운 상품을 개발하기 전엔 함부로 새로운 사업을 시
작해서는 안 돼. 그래서 제약회사에 연구원을 늘리고 새로
운 약을 개발하게 한 것이다. 여기도 새 상품을 개발하는
데 총력을 기울려야 해."

이때 문이 열리며 전무가 들어왔다. 그는 들어서자 바로
보고를 했다.

"회장님, 한국 해군에서 전지 때문에 찾아왔습니다."

형진이는 진수를 보며 말했다.

"얼른 가서 알아보고 잘 상담 해."

진수가 나가자 형진이는 결제할 서류를 들여다봤다.

한 시간쯤 지나니 진수가 다시 들어왔다. 형진이는 보던
서류를 내려놓고 소파로 가서 앉았다.

"그래, 해군이 무슨 일로 왔어?"

"그야 우리 전지 때문에 왔지."

"글쎄 그거야 나도 아는데, 그들이 뭐라고 해?"

"잠수함에 쓸 전지를 문의하러 온 것이다. 뭐 여러 가지
이야기를 하기는 했지만, 결론적으로 우리 전지를 구입할

모양이다."

"규모가 어느 정도야?"

"일천만 Kw 전지 10개를 구입할 예정인가 봐."

그러나 진수는 불만이 가득했다.

"그런데 그렇게 하면 안 되지. 잠수함 하나에 전지 하나씩 구입하려는 모양인데, 그러면 전지를 충전할 때 문제가 생긴다고 말했지. 일천만 Kw전지 하나를 충전하려면 백만 Kw전기로 충전한다 해도 10시간이나 걸리지."

그런 자세한 사정을 설명하지 않았을 진수가 아니었다.

그럼에도 해군은 무슨 사정이 있었던 것인지, 아니면 그 동안의 타성에 젖어있던 것인지, 반응이 영 뜨뜨 미지근하기만 했다.

"그래서 해군에서 사용하려면 일억Kw 전지를 하나 더 사가야 잠수함이 들어올 때마다 순간적으로 충전할 수 있다고 말했어. 만약 전쟁이라도 난다면 언제 열 시간씩 걸려 충전 할 수 있겠어?"

형진의 이마도 조금씩 찌푸려지기 시작했다.

"그랬더니 뭐래?"

"아마 이런 문제는 미처 생각 못했던 모양이지? 다시 생각해보고 온다고 했어?"

"그래, 잠수함에 그 전지를 장착하면 어떤 효과가 있다는데?"

"딱 부러지게 그런 것이다 하고 나에게 자세히 말해줄 리가 있냐? 그래서 내가 물어보니 우리 **잠**수함은 잠항시 수중 8노트로 2~3시간 동안 달릴 수 있다는 것이다. 그러나 우리 전지를 탑재하면 무려 72시간 동안 물속으로 달릴 수 있다는 것이다. 그 외에도 좋은 점이 많은가봐."

가만히 듣고 있던 형진이 화를 냈다.

"뭐야. 그러면 결국은 전지를 하나도 못 팔았다는 것 아니냐?"

진수가 피씩 웃으며 대답했다.

"결국은 그런 셈이지만, 그들이 사가지 않고서는 못 버틸 것이다. 우리야 뭐 급할 것도 없고 기다리기만 하면 되지."

"그럼 일본과 영국이 우리 전지를 매우 적극적으로 구입해간다고 하지."

"그러잖아도 당연히 그 말을 했지. 그런데 해군에선 이미 알고 있던데."

그러한 사실을 알고 있으면서도 그런 반응을 보이는 대한민국 해군을 형진은 이해할 수가 없었다.

"지금부터 만드는 전지는 성능이 25%나 향상된 전지가 아닌가. 일본이나 영국에서 사간 전지보다 성능이 훨씬 뛰어난 것이라 말하지."

"참! 지금 생산하는 전지는 효율이 60%에 이른다고 말

하던데. 먼저 것은 효율이 45%이었지 않은가? 성능이 향상 되었으면 전지가격을 더 올려야 하잖아?"

"나도 그 문제로 고민 중이다. 그러나 지금 한참 잘 팔리고 있는데, 값을 올린다는 것이 마음에 걸린다."

"그러나 원가가 3%나 더 올라갔으니 전지 값을 올려야지."

"그것이 그렇게 급한 문제 아니니까 좀 두고 보았다가 가격을 올리자고."

"그럼 그렇게 해."

6월 달이 되자 그동안 공사를 하던 제5아파트형 공장이 완성되었다.

그 공장에 핸드폰 형 전지공장 3개가 들어가자, 핸드폰 형 전지는 하루에 80만 개씩 생산하게 되었다.

그리고 나머지 두 개 공장은 아직 시설을 하지 않았다. 이제부터는 공장이 모자라 연장조업을 하는 일은 없게 되었다.

제5아파트형 공장이 완공됨으로 해서 고양시에 있는 공장은 한계에 다다른 것이다.

이제 더 주문이 들어와도 공장을 지을 자리가 없는 것이다. 다행이도 전 세계에 공급할 물량을 충분히 생산 할 수가 있었다.

이 전지 공장이 완성됨으로써 전지 사업은 정상에 다다른 것이다.

형진이는 만약을 몰라 또 다른 곳에 공장 부지를 확보해야 하는지 고민하고 있는데, 전무가 들어왔다.

전무는 형진에게 결재 서류를 내밀며 말했다.

"회장님, 독일과 프랑스에서 자동차용 전지 오만 개를 주문했습니다."

"그럼 우리는 매달 자동차용 전지를 몇 개나 생산해야 합니까?"

"주문을 맞추려면 매달 사십만 개를 생산해야 합니다."

"대단하군요! 그렇다면 일 년에 480만 대의 전기차가 생산된다는 이야기가 아닙니까?"

"앞으로 더 많이 생산될 것입니다. 지금 자동차 시장에서는 전기차가 대세입니다. 석유 값은 하늘 높은 줄 모르고 올라가고, 도시마다 공해를 줄이려고 노력하고 있습니다. 그런데 전기 차는 값도 쌀뿐 아니라 유지비도 덜 들어 소비자에게 인기가 높습니다."

반드시 필요한 시점에서 출시되는 물품들은 당연히 소비자들로부터 각광을 받을 수 있는 것이다.

"지금 우리나라에서 생산되는 경차는 미처 생산을 못해서 수출을 못하고 있는 형편입니다. 또 대부분의 나라에서는 버스와 1톤짜리 트럭을 전기차로 사용할 것을 장려하

고 있습니다. 따라서 시간이 지남에 따라 전기차의 수효는 더욱 늘어 갈 것입니다."

형진이 흡족한 표정으로 가만히 고개를 끄덕였다.

"우리나라의 차가 수출이 많이 된다니 무척 반가운 일입니다."

"지금 주문형 전지 중, 전기 회사에서 주문해 가는 전지가 무려 십억 Kw나 됩니다. 그런데 이 주문이 앞으로는 더욱 늘어날 것 같습니다."

"전기 회사에서 갑자기 우리전지를 그렇게 많이 수입해가는 이유가 무엇입니까?"

"전기란 필요량 이상을 많이 생산해도 쓸모가 없습니다. 생산된 전기 중 쓰고 남은 전기는 그냥 사라지게 됩니다."

전기는 인간들에게 편리성을 제공하고 있지만, 그런 맹점으로 인해 항상 제자리에서 앞으로 나아가지 못하고 있는 형편이었다.

"아무리 컴퓨터를 사용해 적정량의 전기를 생산해도 일부는 남게 되어 있습니다. 그러다가 전기가 모자라 정전 사태가 일어나면, 국가에 막대한 손해가 날뿐 아니라 정치적으로도 매우 어려움에 처하게 됩니다."

과거에도 그와 같은 일이 있었다.

"그런데 우리전지가 생산이 된 것입니다. 이 전지를 설치해놓으면 남는 전기를 비축할 수 있을 뿐 아니라, 필요할 때 전기를 뽑아 쓸 수 있으니 갑자기 전기 수효가 늘어 나도 전기회사에서는 정전사태를 막을 수 있습니다. 그래 서 세계 각국에서 앞을 다투어 우리 전지를 수입해 가는 것입니다."

"그거 듣던 중 반가운 말입니다. 주문형 전지가 많이 나 가야 우리 회사의 매출도 크게 늘어납니다."

형진은 기꺼운 표정을 짓다가 잠시 후 다시 인상을 찡그 렸다.

원활한 운영을 위해서 항상 칭찬만 해서는 안 되었다. 때 로는 질책이나 부족한 부분을 지적해주는 것이 반드시 필 요했다.

"그런데 노트북용 전지가 생각보다는 덜 나가는 것 같은 데… 여기에 대한 대책은 없습니까?"

"노트북이 모두 핸드폰만큼 나갈 수는 없지요. 그러나 지금 노트북과 아이패드용 전지가 일일 십이만 개나 생산 되고 있습니다. 그래서 제5아파트형 공장에 노트북용 전 지공장을 하나 더 세웠으면 합니다. 지금 노트북용 전지공 장에서는 하루에 두 시간씩 연장 근무를 하고 있습니다."

"그럼 제5아파트형 공장에 노트북용 전지공장을 하나 더 세우도록 하십시오."

"그럼 그렇게 알고 곧 시설에 들어가겠습니다."

전무가 나가자 형진이는 기분이 좋았다.

그는 주문형 전지공장이 세워질 때부터 의문을 가지고 있었다. 그의 생각엔 주문형 전지는 별로 주문이 안 들어올 것 같아서였다.

그런데 뜻밖에도 주문형 전지공장의 주문이 밀려 있다는 데 무척 놀랐다.

대형 전지가 소형 전지보다 만들기도 쉽고 원가도 덜 먹힌다. 그러니 이익도 대형전지 쪽이 더 많이 남는다.

그러나 이런 것보다 매출이 크게 늘어날 수 있어서 기분이 좋았다.

미리내는 시간이 지날수록 매출이 점점 늘어났다.

어느새 초가을인 구월 달에 들어서고 있었다.

핸드폰 형 전지는 하루에 팔십만 개씩 생산되고 있고, 노트북과 아이패드용 전지는 하루에 십사만개나 나가고 있었다.

거기에다 돈 몫이 큰 전기 자동차용 전지는 한 달에 사십오만 개를 돌파했고, 주문형 대형전지는 월 사억 달러 이상 생산되었다.

형진이가 살펴보던 서류를 놓고 일어나서 사무실 안을 왔다 갔다 하고 있었다.

그는 지금 새로운 사업을 할 만한 것을 구상 중에 있었다.

자신의 머리를 아무리 짜보아도 좋은 생각이 떠오르지 않고 있었다. 그는 이것저것 생각하다가 탄식을 했다.

지금 세계는 모든 업종에 거대기업들이 자리를 잡고 있었다.

무슨 업종이든지 새로 시작하려면 기존의 대기업과 경쟁해서 이겨야 했다. 그런데 대기업들은 막대한 자본과 시장을 장악하고 있어서 새로 뛰어드는 기업에게는 도무지 틈을 주지 않는다.

새로 기업을 시작하려면 틈새시장이나 뚫고 들어가야 하는데, 그런 것은 중소기업이나 할 일이다.

자기처럼 수조 원씩 투자하여 할 만한 기업이 없는 것이다.

그가 마땅한 사업거리를 찾지 못해 한숨을 쉬는데 진수가 들어왔다. 그는 들어오다 형진이를 보더니 말했다.

"무슨 생각을 그렇게 깊게 하는 것이냐?"

"어! 아니야. 새로 시작해볼 사업이 없나 해서 생각해 보았다."

"그래, 뭐 좋은 생각이라도 있어?"

"없어. 세상이 꽉 짜여 있어서 내가 쉽게 발붙일 곳이 없다."

진수는 나름 형진을 잘 이해할 수 있다가도 이런 모습을 자신이 그동안 알던 친구가 맞나 싶을 정도로 형진을 이해

할 수 없었다.

"그걸 알았으면 되었어. 괜히 쓸데없는 생각 말고 이 기업이나 잘 키워라."

"아니! 겨우 이것 같고 나더러 만족하라는 것이냐?"

"그렇게 안달하다가 큰일을 저지르지. 괜히 사업 한 번 잘못 했다가는 이 기업까지 위태롭게 된다. 그러니 자중하고 때가 올 때까지 조용히 기다려. 돈만 많이 가지고 있으면 기회란 반드시 오는 것이다."

이때 문이 열리며 여비서가 차를 가지고 들어왔다.

그러자 형진이는 소파에 앉았다. 진수도 맞은편에 앉으며 차부터 들이켰다.

진수가 목을 축인 다음 찻잔을 내려놓으며 말했다.

"며칠 후면 추석인데, 떡값 좀 두둑이 주어야 하잖아. 모두들 기대가 클 터인데……."

"그야 작년처럼 월급에 100%씩 주면 될 것 아니야?"

"이것은 내 생각인데… 올해 장사가 작년보다는 훨씬 잘 되었거든. 그래서 말인데 사원들이 더 많은걸 기대하고 있을 것 같아."

형진이 가만히 진수의 눈을 들여다봤다.

어째 몇 년 전과는 서로의 입장이 달라진 것 같아서였다.

"지금 우리 사원들이 모두 만 사천 명 가량 되는데, 그들에게 월급에 100%만 주어도 육백억 이상이 나가는데 그것이 어떻게 적냐?"

진수가 화를 내기 시작했다.

"아니! 너 기업을 운영하더니 간이 줄어들었니? 생각해 보아라. 지금처럼 매출이 지속된다면 올해 매출이 십사조가 넘을 것이다. 그런데 떡값 육백억 원이 뭐가 많아?"

이제는 형진이 기가 막혀 말을 잇지 못했다.

"……"

"너는 말끝마다 임금 따먹기는 안 한다고 했잖아. 그리고 회사란 사원들과 함께 먹고살자고 하는 것이라고 누누이 말해왔잖아. 그런데 막대한 이익이 남게 되었는데 우리 사원에게도 무엇인가 좀 돌아가는 것이 있어야 하는게 당연한 것 아니냐?"

진수의 말이 전혀 틀리지 않았기에 형진은 서둘러 한 발 물러섰다.

"지금 내 머리가 아주 복잡해서 그런 것은 생각도 못해 보았다. 그래 얼마나 주면 되겠어?"

"떡값으로 이번에는 300%를 주자. 그래보았자 천팔백 억밖에 안 된다. 이왕 우리 회사에 와서 일하는 사람들이니 먹고 살게는 해주어야 하잖아. 그래야 근로자들도 목돈을 만져보지. 우리가 주는 월급 가지고 언제 돈을 모을 수 있겠니?"

형진이는 진수 말을 듣더니 대수롭지 않게 대답했다.

"그럼 그렇게 해."

형진이의 대답이 너무 쉽고도 간단해서 진수가 오히려 놀랐다.

그는 원래 200%를 생각하고 있었는데, 형진이가 짜게 나오는 것 같아서 일부러 300%라고 했는데…….

그래서 진수는 형진이가 펄쩍 뛸 줄 알았는데, 형진이는 너무나도 대수롭지 않게 대답했다.

"그럼 우리 직원들이 돈을 얼마나 받아 가나?"

"입사한지 삼 년 된 근로자들의 월급이 삼백 칠십만 원 정도 되니까. 세금을 제하면 천삼백 오십 만 원 정도 가져가게 될 것이다."

"그래, 생각보다 얼마 안 되네. 그렇게 해서 언제 돈을 모으나?"

형진이는 오히려 엉뚱한 말을 했다.

진수가 서둘러 말을 꺼냈다.

"그래도 이 돈이 우리 직원들에게는 큰 도움이 될 것이다."

"그렇다면 명절날도 한 번 더 주지."

"그렇게만 해준다면 근로자들로서는 더 이상 바랄 것이 없겠지."

"그런데 우리 협력 업체들은 떡값을 얼마나 줄 것 같냐?"

형진의 갑작스런 생뚱맞은 말에 진수가 의아한 표정을
드러냈다.

그런 부분은 진수로서는 전혀 생각해보지 않았던 부분이
었다.

"협력업체… 그거야 그들이 결정할 일 아닌가?"

"말이 좋아 협력 업체지, 사실은 그 회사 제품 모두를 우
리 회사에 납품하는 것이 아닌가. 그러니 그들도 우리 회
사의 직원이나 크게 다를 것이 없지."

형진은 처음엔 근로자의 일에 대하여 별 관심이 없는 것
같더니 갑자기 근로자들에 대하여 관심을 갖기 시작했다.

그러자 이번엔 진수가 오히려 당황하기 시작했다.

"그러나 그들 회사는 엄연히 다른 회사이고, 경영자가
따로 있는데 우리가 간섭할 수는 없지 않은가?"

"내가 예전에 들은 말인데 대기업에서는 협력업체의 피
를 빨아먹고 산다는 말을 들었다. 그들이 열심히 노력해서
원가를 낮추면 대기업에서는 납품가를 낮추어 협력업체
를 힘들게 했다는 말을 들었다. 우리도 그렇게 하는 것 아
니야?"

"글쎄. 아마 우리는 그렇지 않을걸. 내가 전무로 있을 때
총무부장에게 협력업체에게 부당한 행위를 하지 말라고
굳게 당부를 했거든."

"지금 우리 협력업체의 근로자들의 임금은 얼마나 되

는데?"

진수는 형진의 정확한 의도를 몰라 대답을 망설였다.

"내가 알기로는 연봉 천팔백에서 삼천정도인 것으로 아는데……."

"그래? 그렇다면 너무 적은 게 아닌가?"

"협력 업체들의 임금은 어디나 모두 비슷해."

말을 하면서도 진수는 한편으로는 형진의 반응이 걱정스러웠다.

그런 부분에 대해서 잘못 참견을 하면 오히려 협력업체들로부터 반감을 살 수도 있는 것이다. 가뜩이나 아직 젊은 자신들의 사업을 놓고 주변에서는 말들이 많은 상황이었다.

"네가 직접 협력업체들의 사장들을 불러들여서 그들의 애로점이 무엇인가 물어보고 도울 수 있는 것은 도와주도록 해라. 그리고 우리 회사에 납품하는 가격도 네가 적절하게 조종해 주어라."

접근이 쉽지 않은 부분이었다.

형진의 뜻을 모르는 바는 아니었지만, 미리내에서 베푸는 도움이 각 업체들의 직원들에게 얼마만한 혜택으로 돌아갈지는 알 수 없는 일이었다.

부작용 또한 우려스러웠다.

"다른 대기업에서 협력업체의 피를 빨아 먹는다고 우리

마저 그렇게 할 수는 없지 않으냐? 나는 피차 납득할 수 있는 선에서 납품가를 결정하길 바란다."

진수가 조금은 굳은 표정으로 고개를 끄덕였다.

"알았다. 그럼 내가 내일 협력업체 사장을 모두 불러 들여 회의를 하도록 할게."

"우리 협력 업체가 몇 개나 되는데?"

"모두 36개 회사다."

"그곳에 소속된 직원들은 모두 몇 명이나 되는데?"

"글쎄… 정확하게는 모르겠지만 대략 삼사천 명은 되는 것 같다."

"그러면 떡값을 얼마씩이나 주는지 물어보고, 우리가 좀 지원을 해주도록 해라."

"협력업체의 떡값을 어떻게 우리가 지원을 해?"

명분이 약하니 쉽지 않은 부분이라 생각하는 진수였다.

"그래도 다 같이 일했으니 떡값도 우리가 좀 지원해 주어야지. 나는 다 같이 먹고 살기를 원해."

"다른 대기업에서도 이런 경우는 아직 없었던 것 같은데?"

그래도 형진은 자신의 고집을 꺾지 않았다.

"그럼 우리가 처음으로 시작하자."

"좋아. 이 일은 내가 알아서 적절하게 처리하지. 그런데 이번에 우리 전지를 연구원이 그동안 부지런히 힘써 연구

하여 성능을 25%나 향상시켰는데, 우리 연구원에게도 특별히 사례를 해야 할 것 아니냐?"

"사실 그 문제를 너와 의논하려 하였어. 그런데 그것을 어떻게 하면 좋겠냐?"

"내 생각엔 아무래도 직접 경호를 불러서 의논하는 것이 좋을 것 같다."

"그럼 경호를 불러 들여. 생각 난 김에 다 처리 하자고."

"그럼 그렇게 알고 내가 나가서 지시하지. 내일 협력업체 사장들을 만나려면 지금 연락해야 할 것이다."

진수가 회장실을 나서서 자기 사무실로 돌아오자 총무부장을 불러 말했다.

"내일 협력업체의 사장단 회의를 할 것입니다. 그러니 모두 연락해서 모이도록 해 주십시오."

"예, 알겠습니다."

"참! 혹시 우리 회사에서는 협력업체들의 납품 가격을 깎는 일은 없었겠지요?"

"납품 가격이 좀 지나치다 하는 것에 대해서는 조종을 했습니다만, 대부분 협력업체의 요구를 그대로 들어주고 있습니다."

"앞으로는 납품가격을 조종해야 할 때에는 반드시 나와 먼저 의논하게 하십시오."

"예, 그렇게 하겠습니다."

총무부장이 나가자 곧 전무가 군 장교들과 함께 들어왔다.

"사장님, 우리 해군에서 전지 문제로 찾아오셨습니다."

진수는 얼른 자리에서 일어나 장교 세 사람을 응접 테이블로 안내했다. 장교와 전무가 앉자 진수가 먼저 입을 열었다.

"먼젓번에 의논하다마시고 간 일이 있었지요? 그래 그 일은 어떻게 되었습니까?"

세 사람 중 대령이 먼저 입을 열었다.

"저번에 사장님 말씀을 듣고 가서 여러 가지로 의논해 보았습니다. 결론은 우리 해군에서 전지를 사들이기로 결정한 것입니다."

잠시 말을 멈춘 대령이 곤란한 표정을 지었다. 진수는 묵묵히 기다렸다.

"그런데 전지 값이 여간 부담이 되는게 아닙니다."

"우리 해군이 사가게 되는 전지는 성능이 25%나 증가된 것입니다. 그리고 우리 전지는 결코 비싼 것이 아닙니다. 이 전지는 곧 그 값이 5% 이상 오르게 될 것입니다."

대령이 놀란 듯 되물었다.

"성능이 기존 것들보다 25%가 향상된 것이라고요?"

"예, 그렇습니다. 아마 해군에서도 많은 도움이 될 것입

니다."

"우리 해군에서는 일천만 Kw 짜리 전지 20개가 필요합니다. 이것을 석 달 안에 만들어 주실 수 있습니까?"

"예, 충분히 가능합니다. 그런데 일본과 영국에서는 우리 전지만으로 움직이는 잠수함을 만들었다는데, 우리 해군은 그럴 생각이 없는 것입니까?"

"우리도 지금 설계 중에 있습니다. 그런데 비용이 대단히 많이 든다고 합디다."

하긴 쉽지 않을 일일 것이다.

그렇지만 한 번 바꿔놓으면 몇 십 년을 편안하게 사용할 수 있는 것이므로 보다 긍정적으로 검토해보길 기다릴 뿐이었다.

"이 전지를 잠수함 동력으로 이용한다면 원자력 잠수함보다 여러 가지로 유리할 것입니다. 원자력 잠수함은 원자로와 발전기를 설치해야 하나, 그 무게가 대단할 것입니다. 그러나 우리 전지를 동력원으로 쓴다면 전지 무게야 십 톤이 넘지 않을 것이니 얼마나 가볍습니까?"

대령은 진수의 말에 깊은 관심을 드러내고 있었다.

"그리고 잠수함 공간을 넓게 사용할 수도 있고요. 또 원자력 잠수함 만큼 건조비가 많이 나가는 것도 아니지 않습니까?"

진수의 말을 들은 대령이 다시 입을 열었다.

"그래서 일본과 영국이 이 전지를 사간 것이 아닙니까?"

"일본과 영국은 이미 전지를 가져갔는데, 한국은 이제 설계중이라니요? 우리나라에서 생산되는 전지이니 우리나라 해군이 먼저 이 전지로 잠수함을 만들어야 하지 않겠습니까?"

"사실 우리 해군도 급히 서두르긴 했습니다만, 내부사정으로 좀 늦어졌습니다. 처음 설계는 천팔백 톤짜리로 설계를 했는데, 장교들이 대양해군에게는 적절치 않다고 반대를 해서 설계를 삼천육백 톤짜리로 변경하는 바람에 그만 늦어졌습니다. 곧 설계가 끝나면 건조에 착수하게 될 것입니다. 그럼 우리도 큰 전지를 사가게 될 것입니다."

"우리도 우리 해군이 강력한 잠수함을 갖기를 원합니다."

이때 대령이 웃으며 말했다.

"그런 면에서 전지 값을 좀 디스카운트합시다."

진수는 이마를 찡그렸지만, 그 요구를 묵살할 수는 없었다.

나중에 형진이한테 한 소리를 듣긴 하겠지만, 강력한 국방력 보유의 원천이 될 수도 있었기 때문에 가만히 고개를 끄덕였다.

"그럼 전지를 수물 두 개로 만들어 드리겠습니다. 그럼 필요할 때 요긴하게 사용할 수 있을 것입니다."

진수는 선뜻 10%를 깎아주었다.

사실 이런 일은 회사를 창업한 이래 처음 있는 일이다.

진수 입장에서는 한국 해군을 위하여 크게 양보한 것이다.

유 박사의 실험

해군이 돌아가자 조금 있으니 경호가 들어왔다.

"어이! 잘 왔다. 그러잖아도 기다리고 있었다."

"무슨 일로 날 호출한 것이냐?"

"이번에 전지 성능을 개선한 것에 대하여 의논 하려고. 자, 회장실로 가보자."

"두 사람이 회장실에 들어가자 형진이는 반갑게 맞이했다.

"야! 경호야, 오래 간만이다. 자 모두 가서 앉자."

자리에 앉자 형진이가 먼저 입을 열었다.

"이번에 전지성능을 25%나 높이는데 연구원들이 많이

고생을 했으니 회사에서도 공을 인정해 주어야지. 그래서 말인데 연구원들에게 어떻게 사례해야 하겠니?"

경호도 그 부분에 대해서는 전혀 생각해보지 않은 모양이었다.

"어! 그것을 나한테 물으면 어떻게 해? 그것은 너희 둘이서 상의해서 결정해야지."

그러자 진수가 나섰다.

"우리야 연구원이 누군지도 모르고, 누가 얼마나 공을 세웠는지도 모르는데, 우리 마음대로 어떻게 사례를 하냐? 그래도 연구소 소장인 네가 잘 알 것이 아니냐? 우리가 어떻게 했으면 좋겠니?"

"뭐, 연구한 공로를 회사에서 인정 해준다니 고마운 일이지만, 누구나 회사를 위하여 일하고 있는 것이 아니냐? 그런데 우리만 특별히 공로상을 받는다면 다른 사원에게 좀 미안한 생각이 드는데……."

"네 말은 알아듣겠는데. 회사가 잘되고 못되는 것은 우선은 연구원에게 달려 있는 것이 아니냐? 그러니 공을 세웠으면 반드시 그에 따른 상이 있어야지."

"그렇다면 연봉에 몇% 정도를 보너스로 주는 것이 어떤가?"

그런 일괄적인 적용은 하고 싶지 않았다.

열심히 일한 대가에 대한 공정성과 경쟁심을 유발하기

위한 방법이기도 했다.

"아니! 연구원 중에는 공이 많은 사람과 적은 사람이 있을 것이 아니야?"

"그러나 이번에 성능을 향상시키는 데는 모두가 노력한 것이니, 다 같이 나누어 주어도 될 것이다."

진수가 다시 물었다.

"그럼 어느 정도 주는 것이 적절 하겠니?"

"나도 연구원 중에 한 사람인데, 내가 말해도 되겠니?"

이때 형진이가 나서서 말했다.

"그럼 말이다. 연봉에 500%를 주면 어떻겠냐?"

경호는 한동안 생각하더니 말했다.

"좀 과한 감이 있지만, 연구원들의 사기를 위하여 그 정도 해주는 것도 나쁘지는 않지. 내 생각엔 우리 전지의 효율이 적어도 85% 이상은 되어야 한다고 생각하거든. 그런데 그 정도 효율을 높이려면 연구원들이 앞으로 열심히 연구해야 할 것이다."

형진이는 진수를 바라보며 물었다.

"네 생각은 어떠냐?"

"연구원이 열다섯 명이니까 한 오십억 원을 지불하면 되겠구나. 좋아, 그 정도야 배려해 주어야지."

형진이는 경호를 바라보며 말했다.

"그럼 연봉에 500%를 보너스로 주기로 하지."

경호는 머리만 끄덕였다.

이때 진수가 다시 입을 열었다.

"우리 해군에서 천만 Kw 전지를 이십 개 주문하고 갔다. 그런데 좀 깎아달라고 해서 내가 기분 좋게 전지 두 개를 더 만들어주겠다고 했다."

말을 마친 진수가 형진의 눈치를 살폈다.

형진이 버럭 소리를 쳤다.

"아니! 겨우 이십 개야? 한국에 잠수함이 그렇게 없냐? 그리고 그거 하나씩 더 장착해봐야 뭐 별것도 아니잖아?"

다행히 형진은 진수가 해군에 인심을 쓴 것은 모른척하고 넘어갔다. 그렇지만 전혀 엉뚱한 것에 화를 내고 있었다.

"무슨 소리야? 그 전지 이십 개면 돈이 이천억이다. 그게 어떻게 작아?"

"그게 뭐가 많아? 나는 해군에서 쓴다기에 수천억 원 어치는 사갈 줄 알았다. 그리고 우리 전지가 잠수함에만 필요한 것이 아니잖아?"

이때 경호가 나서서 말했다.

"우리 전지를 잠수함에 하나씩만 장착해도 성능이 세 배이상은 증가하게 될 것이다. 해군에서도 여러 가지로 연구해보고 구입하는 것일 게야."

형진이는 머리를 끄덕이며 말했다.

"앞으로 우리 회사 매출이 더 늘어나려면 맞춤형 전지가 많이 나가야 하는데, 그게 생각처럼 잘 안 된단 말이야……."

형진의 말을 들은 진수가 반박했다.

"그게 무슨 말이냐. 지금 맞춤형 전지가 주문이 넉 달 치나 밀려 있는 판인데… 그래서 공장 하나 남아 있는 것을 주문형 전지공장으로 만들려 하는데."

"주문이 넉 달치가 밀려 있다고는 하지만, 맞춤형 공장은 두 개 밖에 더 되냐. 우리 회사가 크게 번창하려면 주문형 공장이 열 개는 되어야 해."

"주문형 전지가 어떻게 그렇게 많이 나갈 수 있어? 핸드폰 전지가 가장 많이 나가지만 한 달 동안 공장 하나에서 생산해 보았자 삼백칠십오억 정도야. 그러나 맞춤형 공장은 한 달에 일천억 정도를 생산하고 있어. 그리고 이익도 그쪽이 훨씬 더 많이 남는다고."

"알았어. 제5아파트형 공장에 남아 있는 공장을 주문형 공장으로 설비를 하도록 해. 그래도 주문이 밀린다면 연장 근무를 하도록 하자."

"주문형 공장에서 생산하는 대형전지는 앞으로도 꾸준히 잘 나갈 것이다. 지금 세계 각국은 전기부족으로 시달리고 있거든. 그것을 피할 수 있는 유일한 길은 우리 주문형 대형 전지뿐이거든. 그리고 또 주유소에서 전지 자동차에게 전지를 순간 공급하려면 우리 중형 전지가 반드시 필요하거든. 그래서 주문 형 전지는 꾸준히 나갈 것이다."

형진이는 말 한마디 잘못 했다가 본전도 못 찾자, 쓰디쓴 입맛을 다셨다.

형진이는 경호를 바라보며 물었다.

"그런데 유 박사가 실험한다는 블랙홀은 어떻게 되었어?"

"이미 실험 준비가 끝났어. 그래서 지금 모든 기기를 재점검하는 중이다. 아마 이달 중으로 실험을 시작할 것이다."

"그래. 네가 보기에는 유 박사의 실험이 어떻게 될 것 같아?"

"글쎄. 그쪽으로는 내가 별로 아는 것이 없어 무엇이라고 말하긴 어려워. 그러나 우리가 여러 번 친목을 도모하느라 술자리를 같이 한 적이 있는데. 그때마다 블랙홀에 대하여 토론 한 적이 있거든. 내가 알기로는 논리적으로는 하자가 없는 것 같아. 만약 실험이 성공한다면 우리 회사는 또 한 번 큰 도약을 하게 될 것이다."

"지금 나는 말이다. 돈은 남아도는데 새로 시작할 기업이 없어서 안달이 나 있다고. 말이야 바른 말이지, 소위 기업가라 자칭하는 우리가 무려 팔조나 되는 막대한 돈을 쌓아놓고 새로 시작할 만한 기업이 없다고 그 돈을 놀리고

있다는 것이 말이나 되냐?"

그렇기 때문에 형진은 하루라도 빨리 다른 곳에 투자를 하고 싶었다.

그 돈을 안전한 곳에 투자를 하여 수익을 내는 것은 아직 젊은 그들의 적성에 맞지도 않았다.

또한 그런 식으로 투자해서 언제 돈을 벌어들여서 자신이 원하는 것을 할 수가 있겠는가.

"더군다나 이해가 지나면 남아도는 돈 이십이 삼조가 될 것이다. 그러니 빨리 새로운 사업거리를 찾아야 일자리도 더 창출하고 사회와 나라에도 공헌할 것이 아니냐?"

형진이 말을 듣고 진수가 어이가 없다는 듯 껄껄 웃었다.

"하하하, 어쩌다가 전지회사를 시작하여 순풍에 돛단 듯 만사가 형통하니 기업이란 시작만 하면 잘 되는 줄 아는구나. 이 친구야! 우리가 기업을 시작한지 만 사년 밖에 안 돼. 그동안 전지회사를 정상에 오르게 한 것만도 큰일을 한 것이다. 거기다가 G제약회사까지 흡수해서 탄탄하게 다져 놓았어. 그런데 우리에게 무슨 시간이 있다고 다른 사업 타령이냐. 돈은 가지고만 있으면 언젠가는 기회가 반드시 오기 마련이다. 겨우 돈 십조 가량 남아돈다고 안달부리지 말고 제발 좀 잠자코 있어라."

이번엔 형진이가 껄껄 웃었다.

"뭐 겨우 돈 십조라고? 아니! 언제부터 네가 간이 배 밖으로 나왔냐? 나 참! 사람은 오래 살고 볼 일이다."

형진은 다시 경호에게 물었다.

"그런데 네 선배가 연구하는 레이저는 어떻게 진전이 좀
있었냐?"

"아! 그거, 레이저는 이미 여러 번 실험해서 성공을 했
어. 다만 레이저 출력에 적정선을 찾아내는데 어려움이 많
은 모양이다. 레이저 실험은 나도 보았는데 일반적인 레이
저와 많이 달라."

"뭐가 어떻게 다른데?"

"레이저란 거리 및 속도측정, 분광학, 구멍 뚫기, 절단,
용접, 전자 등 각종산업에 두루 쓰이지만 이 레이저는 그
런 곳에 쓸 수 없는 특이한 레이저야."

형진이 답답한 듯 언성을 절로 높였다.

"아! 글쎄… 그러니까 그 특이한 점이 도대체 무엇이냐
고?"

"그 레이저는 고압의 에너지를 먼 거리까지 전달하는 특
성이 있어. 내가 선배가 실험하는 것을 보았는데 300M 떨
어진 철판에 레이저빔을 쏘았는데, 레이저빔이 발출되는
순간 태양처럼 밝은 빛이 번쩍하였어."

"그래서?"

"레이저 광선은 다른 레이저 광선처럼 지속적으로 쏘아
나가지 않고, 번쩍 하는 순간 사라졌다. 그런데 철판엔 단

번에 3cm 정도의 구멍이 뚫렸어. 철판은 두께가 1cm 정도 되었거든. 그런데 레이저가 방출된 구멍은 1mm 정도밖에 안 되었거든."

형진은 그래도 잘 이해가 되지 않아서 눈만 멀뚱거리고 있었다.

"이게 무슨 말인가 하면, 지름 1mm의 레이저 광선이 지름 3cm의 구멍을 뚫어 놓았다는 뜻이다. 이렇게 된 이유는 고압의 에너지가 방출되어 목표 지점에서 맞는 순간, 고 에너지가 분출되었다는 뜻이다. 이런 종류의 레이저는 내가 알기로는 세상에 없는 것으로 알고 있다."

그런데 그것이 어쨌다는 말인가?

"그런데 그것을 어디에다가 써 먹지?"

경호는 형진이를 쳐다보고는 픽 웃었다.

"아니! 그것을 꼭 말을 해 주어야 아니?"

"야! 자꾸만 말 돌리지 말고 화끈하게 확 풀어 놓아봐?"

"그것은 무기로 쓰지, 어디에 쓰겠니? 그것이 완성되면 우리나라는 한순간에 군사 강대국이 될 수 있다."

그러자 형진이가 머리를 흔들며 말했다.

"짜식! 허풍을 떨기는… 그런 것 가졌다고 어떻게 금방 군사 강대국이 되냐?"

"야! 그런 무기를 가지고 있으면 적의 전투기, 유도탄, 대포알까지도 다 막을 수가 있어. 그런데 어째서 그것이

허풍이냐? 모르면 그냥 솔직하게 물어봐."

"좋아, 그것은 그렇다고 하자. 그런데 그것이 과연 돈이 되겠니?"

"글쎄. 그것은 솔직히 나도 잘 모르겠다. 우리 한국 정부에서 우리 마음대로 팔게만 한다면 큰돈이 되겠지. 그러나 그런 신무기를 정부에서 마구 팔게 할까?"

당연히 그렇지 않을 것이다.

그렇다고 애써 개발한 것을 그대로 사장시킬 수도 없질 않은가. 또한 용도를 변경하여 소소한 곳에 사용할 수도 없는 일이었다.

"뭐야. 그 이야기는 결국은 돈이 안 된다는 말이 아니야?"

"그래서? 돈이 안 되니 이제 와서 집어치우라고 할 거냐?"

형진이가 갑자기 씩 웃었다.

"그럴 수야 있냐. 이왕 시작한 것 끝까지 잘 해보라고 해."

"실험비가 갈수록 많이 드는 데도……?"

그럼에도 형진은 눈도 꿈쩍하지 않았다.

두 사람은 형진이 무슨 다른 복안을 생각하고 있나보다 라고 넘어가 버렸다.

"성공한다면 설마 실험비야 못 뽑겠냐?"

"아니! 넌 매사를 돈과 연계시키니?"

"너희들이 나를 돈 벌레 취급을 하는데, 좋다 이거다. 그러나 나는 이 나라와 민족을 위하여 돈 벌레가 될 수밖에 없다. 나는 이 나라의 기업가로서 한사람에게라도 좋은 일자리를 제공하고 한 푼이라도 외화를 벌어들여 이 나라와 이 민족을 살찌게 해야 할 사명감을 가지고 있는 사람이다. 그러니 돈 걱정을 안 할 수가 없지."

이 말을 들은 진수가 머리를 끄덕이며 빈정거렸다. 진수가 보기에는 황당한 말이었기 때문이다.

"참! 대단한 사람이다. 너는 애국심으로 똘똘 뭉쳐진 사람이구나."

형진이가 다시 씩 웃었다.

"아! 그렇다고 그렇게까지 감탄할 것은 없다. 대한민국 기업가로서 당연히 해야 할 일이니까."

형진이는 농담처럼 이야기 했지만, 사실 그의 말은 그가 평소에 가지고 있는 마음이었다.

형진이 입버릇처럼 떠드는, 세계에서 가장 매출이 많고 이익이 많은 기업을 만들겠다는 것은 단순히 호승심이나 성취욕에서 비롯된 것은 아니다.

그는 정말로 사람들이 바라는 좋은 일자리를 많이 만들기를 원하고 있었다.

이왕 기업을 하는 것이라면 이 나라와 사회에 크게 기여

할 수 있기를 바라는 것이다. 이것은 비단 그만의 생각은
아니다.

기업가라면 누구나 한 번씩 꿈꾸는 일이다.

다만 형진이는 이일에 보다 간절하다는 점이 좀 다를 뿐
이다. 그래서 그는 사원들에게 매년 연봉을 올려주고 두둑
한 보너스를 주는 것이다.

형진의 말을 들은 세 사람은 껄껄 웃었다.

한바탕 웃고 나서 진수가 진지한 표정으로 입을 열었다.

"아무래도 우리가 잘못한 것 같아."

"아니, 무엇을 잘못 해?"

"우리가 아파트형 공장을 지을 때 지상 5층으로 지을 것
이 아니라 10층으로 지었어야 했어. 좁은 땅에 건물만 많
이 지어 공지(空地)도 적을 뿐 아니라, 보기에도 답답하다
고. 그런데 아무래도 공장을 더 지어야 할 것 같다."

형진이가 꺼려하는 목소리로 말했다.

"그렇지만 공장을 하나 더 짓게 되면 주차장과 운동장이
너무 적어지는 게 아니냐? 땅이 모두 삼만 오천 평인데,
공장 건물터만 만 오천 평이니 너무 비좁은 것 같아."

그러자 진수가 나섰다.

"지금 공장 옆에 빈터가 하나 있는데, 이 기회에 그 터를
사들이자."

"그 터가 얼마나 되는데?"

"내가 알아보니 칠천이백 평이다. 그 땅을 사서 몽땅 주차장을 만들자. 그럼 공장 사원들도 더 이상은 주차난을 겪지 않을 것이다."

이때 경호가 나섰다.

"우리 회사도 이만큼 커졌으니 사원들을 위하여 회사에서 버스를 사서 운영하는 게 어때? 내가 보니 공장 근로자들의 차편이 만만치 않은 것 같던데……."

형진이가 머리를 끄덕이며 말했다.

"내가 왜 그런 생각을 미처 못했지. 진수야, 이 문제는 총무부장에게 공장장과 의논해서 해결하라고 해라. 그리고 그 땅도 빠른 시간 안에 사들여라."

"알겠다. 그런데 공장은 어떻게 할 것이냐?"

"공장을 지을 자리는 있고?"

"남쪽으로 한 채 정도는 더 지을 수가 있어."

"그럼 주차장이 너무 작아지는 것이 아니냐?"

"주차장도 중요하지만 기업이란 생산이 먼저야. 그리고 땅을 사들이면 오히려 주차장은 더 넓어져서 괜찮아."

"그럼 그곳에 공장을 더 짓도록 하자. 그런데 정말 공장을 더 지어야 하는 것이냐? 내가 보기에는 우리 상품이 이미 한계에 다다른 것 같은데."

"한계라니? 내가 보기에는 우리 회사 매출이 십조는 더 늘어날 수 있다고 보는데. 만약 그렇게 된다면 지금 시설로는 감당하기가 어렵게 된다고."

"그럼, 그렇게 해."

"이번에는 그 자리에다 10층짜리 공장을 짓자. 만약을 모르니 공장을 넉넉히 지어 두자. 우리가 상품을 더 개발하면 전지를 훨씬 더 많이 팔수가 있어. 손전등, 헤드랜턴, 캠핑랜턴, 시계용 전지 등을 개발하면 꽤 많이 팔려 나갈 것이다. 내가 들으니 공장이나 탄광에서 쓰는 헤드랜턴 같은 것은 전지를 갈아 끼어도 1~2시간밖에 사용할 수 없다 하던데. 만약 여기에 우리 전지를 쓴다면 며칠이고 쓸 수 있다고. 우리가 좀 더 신경을 쓴다면 지금보다 매출을 한 단계 더 끌어올릴 수 있다고."

"그거 좋은 생각이구나. 도대체 개발부에서는 뭐하고 있었기에 그런 것 하나 생각해내지 못하는가?"

"그들이 생각해 내지 못한 것이 아니라, 지금까지 전지가 딸려서 못 만드는 판에 다른 것에 신경 쓸 여유가 어디 있었냐? 이제 여유가 좀 있으니 새로운 상품도 개발하자는 것이지."

"그럼 공장을 10층으로 짓도록 하지."

진수가 갑자기 정색을 하고 말했다.

"지금 우리 전지가 기존의 핸드폰 전지에 비하여 매우 싼데, 가격을 조종해야 하지 않겠어?"

"그래, 얼마나 올리려고?"

"기존의 핸드폰 전지는 두 개씩 이었어. 가격이 대략 육만 원이거든. 그런데 우리는 지금 삼만 원씩에 팔고 있잖아. 그리고 우리 전지도 성능이 25%나 향상되었으니 가격을 올려야지."

"그럼 한 20% 정도를 올려야 하나?"

"이제 선전도 되고 자리도 잡혔으니 전지 값을 정상화 해야지. 내 생각엔 40%정도 올렸으면 하는데…."

"와! 그러면 너무하는 것 아니냐?"

"사실 우리 전지 값을 한 오만 원 받아야 정상적이라고… 우리 전지는 기존의 리튬이온전지에 비하여 그 성능이 4배 이상이나 되니, 50%를 올려도 우리 전지를 쓸 수밖에 없어."

"그래도 그것은 너무하다. 상도덕이라는 게 있는데 40%가 무어냐? 그러지 말고 30%만 올리자."

옆에서 듣고 있던 경호도 나섰다.

"내가 생각해도 40%는 너무하다. 사실 우리 핸드폰 전지의 원가는 삼천 원도 안 된다. 거기에다 인건비와 경상비를 포함시켜도 만원이 안 될 것이다. 그러니 30%만 올리는 게 좋겠다."

진수는 못마땅한 표정으로 대답했다.

"이왕 올리려면 이것저것 따지지 말고 그냥 화끈하게 올리지."

형진이가 진수를 보며 사정하듯 말했다.

"야 진수야. 아무리 독점 기업이라지만 40%씩 올리면 세상 사람이 우리를 어떻게 보겠니? 그냥 30%만 올리자."

"이제 선전 기간도 끝났으니 제 가격을 받겠다는데 세상 사람들이 뭐라고 하겠어?"

"진수야 이번엔 네가 양보해라. 아무래도 40%는 너무 무리인 것 같다. 사실 나는 30%도 많다고 생각하거든."

진수는 머리를 흔들며 말했다.

"야. 언제까지 우리기업이 독점을 할 것 같으냐? 기회가 있을 때 화끈하게 긁어 들여야 하는 것이다. 돈 몇 푼 벌었다고 그렇게 마음이 풀어지면 안 되는 것이다."

어찌 보면 참으로 우스운 광경이었다.

오히려 지금은 형진과 진수의 입장이 바뀌어 있는 것 같았다. 그래서 경호는 입가에 미소를 베어 물고 있었다.

"진수야, 30%도 큰 것이다. 말이다 바른 말이지, 누가 상품을 한꺼번에 30%씩 올리니? 이것도 무리수인데, 40%라면 우리 거래처에게 욕을 먹는다."

"욕을 하고 싶으면 하라고 하지. 그래 보았자 그들에게는 선택의 방법이 없어."

형진이와 경호는 우두커니 진수만 바라봤다.

한참 만에 형진이가 입을 열었다.

"너는 나더러 돈 벌레라고 하더니 너는 인마, 폭군이다. 독점 기업이라고 그렇게 횡포를 부리는 데가 어디 있냐?"

진수는 한참 더 생각하더니 한숨을 쉬며 말했다.

"좋아, 그럼 30%로 하자. 더 이하는 절대로 안 돼."

어느덧 한해가 지난 새해가 훌쩍 다가왔다.

벌써 2016년 음력 정월 초하루인 설날이 눈앞에 다가오고 있었다.

어제 저녁 경호는 오늘 유 박사와 함께 회장실을 방문하겠다고 했다.

형진이는 그동안 반신반의 하면서 유 박사의 블랙홀이란 실험을 기다리고 있었다. 그런데 어제 블랙홀을 실험하여 부분적으로 성공하였다는 것이다.

형진이는 성공하였다는 말을 듣고 기대감이 부풀어 올랐다.

그러나 부분적 성공이란 말이 무슨 뜻인지 몰라 한편으로는 무척 불안하기도 했다.

그가 신문을 들고 서성거리는데, 진수가 서류를 들고 들어왔다. 그는 형진이를 보자 입을 열었다.

"설날이 며칠 안 남았으니 직원들 떡값을 결정 해야지. 그들은 어린아이와 같이 손꼽아 설날을 기다리는데……."

그 말을 듣고 형진이가 껄껄 웃었다.

"요새는 아이들도 명절을 안 기다리는데, 어른들이 무슨 명절을 기다리냐?"

"그야 떡값은 그들에게 대단히 중요한 것이 거든. 거기에다 작년 매출이 대폭 증가하여 그들의 기대는 정말 대단하거든."

"하하, 떡줄 사람은 생각지도 않는데 김치 국부터 마시냐?"

"아니, 그들에게 정말 맨 김치국만 마시게 할 거냐?"

"그럴 수야 있냐. 모두가 소망을 가지고 열심히 일을 했는데. 그리고 풍성한 수확을 했으니 당연히 흔들어 넘칠 만큼 주어야지."

"그래 얼마나 줄 것인데?"

"그거야 일단은 결산이 나와 봐야 알지."

진수는 손에든 서류를 넘겨주며 말했다.

"결산은 나왔어."

형진이는 서류를 들여다보지도 않으면서 물었다.

"총 매출이 얼마나 돼?"

"십육조 삼천억."

"그래? 그럼 경상 이익은?"

"칠조 육천억 원."

순간 형진의 얼굴엔 만족한 미소가 스치며 말했다.

"칠조면 괜찮은 거냐?"

이번엔 진수가 싱긋이 웃었다.

"작년에 공장 짓고 시설하고 하는데 사천억이나 들었어. 그거까지 합하면 거의 팔조억이나 남은 것이다."

이때 여비서가 차를 가지고 들어왔다.

그러자 형진과 진수는 소파에 가서 앉았다. 두 사람은 잠시 차를 마시더니 진수가 먼저 입을 열었다.

"그래 떡값은 얼마나 줄 거냐?"

"아니, 네가 어린아이냐? 왜 작구 보채는 거냐?"

"하! 나 참. 지금 아래 사람들은 이번에 떡값이 얼마인지 엄청 궁금해하고 있어. 그러니 내가 말해주어야 할 것 아니냐? 나는 자네처럼 악 취미가 없어. 전부들 기다리고 있으니 시원하게 빨리 말해 주어야지."

형진이가 눈을 크게 뜨고 말했다.

"뭐, 나더러 악취미가 있다고? 이 친구야, 설날 떡값은 저번 추석날 미리 말해주지 않았어?"

"뭐야? 그때 얼마라고 했는데……?"

"월급에 300%라고 했을 터인데……."

"아! 그랬던가? 그럼 정말 그렇게 줄 거냐?"

"당연하지. 사내자식이 한 입 가지고 두말 하냐? 300%를 줘라. 그리고 이달부터 연봉을 20% 인상을 해주고."

"와! 화끈해서 좋군."

"아마 이번에 연봉을 인상해주면 다른 대기업과 비슷할 것이다."

진수가 만족하여 머리를 끄덕이며 말했다.

"입사한지 삼년 된 근로자가 연봉 오천만원이 넘으니, 이제부터는 우리 회사에 다니는 것을 자랑으로 여길 것이다. 우리 회사 이미지도 있으니 다른 대기업과 형평을 비슷하게 해줘야지."

"떡값은 되었고, 그런데 올해 매출은 어느 정도나 될 것 같은가?"

"글쎄… 그거야 지금 당장 예측하기는 어렵지. 그러나 최소한 이십조는 넘을 것이다."

형진이는 떨떠름한 표정으로 말했다.

"아무래도 그렇겠지. 이제부터는 매출이 팍팍 늘어나기가 좀 어렵겠지?"

"그거야 당연한 것 아니냐. 주력제품인 핸드폰 전지는 이미 한계에 다다랐고, 노트북이나 아이패드도 한계에 다다랐다고. 자동차야 그게 어디 팍팍 늘어날 수 있는 것이 아니잖아. 그러나 잘하면 매출이 40% 정도는 늘어날 수 있다고 기대를 한다."

형진이는 탐탁지 않는 표정으로 천장만 바라봤다.

매년 매출이 100% 이상 늘어났는데, 올부터는 그럴 가망이 없다니 마음이 심란한 모양이다. 진수는 그 모습을

보며 속으로 중얼거렸다.

'짜식! 욕심이 순 도둑놈이다. 도대체 얼마를 벌어야 만족할 것이냐?'

진수가 한참 속으로 욕을 하고 있는데, 경호와 유 박사가 들어왔다.

"유 박사님, 어서 오십시오. 참 오래간만입니다."

유 박사는 싱긋이 웃으며 자리에 앉았다. 그는 곧 입을 열어 말했다.

"회장님. 그동안 블랙홀 실험을 많이 기다리신 줄 압니다. 다행이 실험에 성공하여 물을 압축하여 투명금속을 얻는 데는 성공을 했습니다. 그러나 효율 면에서는 아직 부족한 점이 많습니다."

유 박사는 말을 끝내고서는 작은 가방에서 작은 비닐봉투를 두 개 꺼내 놓았다. 그는 한 봉투에서 쌀알 같은 투명한 물질을 손바닥위에 쏟아 놓았다.

"이것이 바로 투명 금속입니다."

형진이가 손으로 조금 집어 손바닥 위에 올려놓았다.

투명한 금속은 모두 작은 구슬 같은데 감촉이 매우 매끄러웠다. 그리고 대단히 단단해 보였다.

이때 유 박사는 또 다른 봉투에서 둥근 유리판 같은 것을 꺼내 놓았다.

"이것은 투명한 구슬들을 녹여서 만든 것입니다. 투명도가 유리보다 낮지 않습니까?"

　형진이가 지름 10cm 정도 되는 투명 금속을 들고 보니, 참으로 맑고 투명했다. 그런데 보기보다는 매우 가벼웠다.

　"이것의 비중이 얼마나 됩니까?"

　"약 1.1정도 됩니다. 그리고 경도도 7정도 됩니다. 보다 정확한 것은 정밀 분석을 다시 해봐야 합니다."

　형진은 놀란 표정을 숨기지 않았다.

　"그럼 이것이 강철만큼 단단하단 말씀입니까?"

　"일반적인 강철보단 훨씬 더 단단합니다."

　"이것은 몇 도에서 녹습니까?"

　"천삼백 도에서 녹습니다."

　"그런데 이것을 무엇에 쓸 수 있습니까?"

　유 박사가 씩 웃으며 말했다.

　"용도야 무궁무진하지 않겠습니까? 우선 가벼우니 건물에 유리창을 대신 하여도 좋고요. 강하고 질기니 자동차를 만들거나 비행기를 만들 때 써도 좋습니다. 그리고 우리 집안에서 쓰는 각종 냄비나 그릇이나 잔을 만드는데 써도 좋습니다. 글쎄요… 이것이 대량 생산되면 사람들이 알아서 여러 분야에 사용하게 될 것입니다."

　"그런데 그렇게 다양하게 쓰려면 아무래도 가격이 싸야 하지 않습니까?"

"이것은 생산 시설을 만드는데 막대한 비용이 들지만, 실제로 생산비는 전기값 밖에 안 듭니다. 그러니 지금으로 선 원가를 계산하기가 좀 어렵습니다."

"생산효율이 낮다고 하셨는데, 좀 자세히 말씀해주십시오."

"한 시간에 백을 생산해야 한다면 지금은 24정도밖에 생산해내지 못했습니다. 이것은 첫 실험이니 시간이 지남에 효율은 점점 좋아질 것입니다. 그러나 이것을 생산하려면 효율이 40은 넘어야 될 것 같습니다."

"효율이 24%이면 산업화해서는 안 됩니까?"

"뭐 그렇지는 않습니다만, 그럼 원가가 높아지니 자연히 가격이 비싸지겠지요."

"그럼 이 투명금속을 만들려면 물을 한 번에 압력을 가해 만듭니까? 아니면 연속적으로 생산해 내는 것입니까?"

"지금 우리가 만든 블랙홀은 그 내경이 10cm 정도밖에 안됩니다. 내경 안에 물을 연속적으로 흘려 넣어주면 압력에 의해 물이 투명 금속으로 변하게 됩니다."

"그럼 실험실에선 하루에 얼마나 생산해 낼 수 있습니까?"

"효율이 지금과 같다면 하루 8시간 가동한다면 20톤 정도를 생산해 낼 수 있습니다."

"만약 공업화 하여 대량으로 생산을 한다면 그 기계를 설치하는데 비용이 얼마나 들겠습니까?"

"아마 지금 우리가 만든 기계에 열배정도 성능을 가진 기계를 만들어야 할 것입니다. 그러려면 블랙홀 하나에 족히 일조원은 들것입니다."

엄청남 금액이 소요되는 일이었다.

"그럼 얼마나 생산할 수 있겠습니까?"

"그것은 아직 확실하게 말씀드릴 수가 없습니다. 앞으로 여러 번 더 실험을 해야 효율이 어느 정도 나올지를 알 수 있습니다."

"그럼 그 블랙홀은 어느 정도나 오래 사용할 수 있습니까?"

"블랙홀은 일반 기계와 달라 마모되는 일이 없어서 아주 오래도록 사용할 수 있을 것입니다."

이때 진수가 나서서 물었다.

"이것을 대량 생산한다면 공장의 규모가 얼마나 커야 합니까?"

유 박사의 눈이 가늘어지면서 계산을 해보더니 바로 대답을 했다.

"아마 일조를 들여 시설한다하여도 이 천 평이면 충분할 것입니다. 이것을 대량 생산 한다면 이런 공장을 백여 개를 가져야 하지 않겠습니까?"

"백여 개요? 휘유! 정말로 어마어마하군요."

"그리고 이것을 전기로에 녹여서 성형을 해야 하니, 거의 제철소와 같은 시설을 해야 할 것입니다."

"생각보다는 꽤 복잡하고 규모도 크겠군요."

"아마도 그럴 것입니다."

"그런데 금속이 이렇게 투명하면 사용하는데 불편하지는 않겠습니까?"

"아직 확정적으로 말하기는 어렵지만, 이 금속에 여러 가지 색을 입힐 수 있을 것입니다. 이런 문제는 좀 더 많은 실험을 해 보아야 합니다."

형진이가 머리를 끄덕이며 말했다.

"그동안 연구하시느라 많은 수고를 하셨습니다. 실험을 해보시고 결과가 나오는 대로 바로 알려주십시오."

곧 유 박사와 경호가 돌아가자 진수가 입을 열었다.

"이것을 산업화 하려면 공장을 지을 땅을 미리 마련해야 하지 않을까?"

"그야 그렇지만 벌써부터 그렇게 서둘러야 하나?"

"이런 공장을 지으려면 아주 넓은 땅을 가져야 할 것이다. 그러려면 지금부터 미리 알아보아도 쉽지 않을 것 같은데……."

"그럴까? 그런데 땅을 얼마나 가져야 할지도 아직은 잘 모르잖아?"

"뭐, 대략 사오십만 평 정도를 확보하면 되지 않을까?"

"그러려면 입지적인 조건이 갖추어진 곳에 땅을 매입해야 하지 않을까? 예를 들면 항구가 가까운 곳이라든가……?"

"그런 것을 우리 둘이 결정할 것이 아니라, 설계부서와 많은 전문가의 조언을 듣고 결정해야지. 그러니 네가 설계실을 확장시켜 인재들을 모으는 한편 공장설립에 관한 전반적인 것을 감독해라."

"알았어. 그럼 한동안 내 일은 접어야 하겠구먼."

"이 회사야 자리가 잡혔으니 전무와 내가 맡아서 해도 되잖아? 너는 이제부터 투명금속에나 신경을 쓰라고."

"투명금속을 생산하면 내가 사장으로 가야 하는 것 아니야?"

"네가 어디로 가든, 그것은 그때 가서 네가 알아서 결정해."

며칠이 지나자 형진은 민 전무와 자리를 마주하고 있었다.

형진이는 테이블위에 놓인 신문을 힐끗 보며 물었다.

"요즘 신문에 자주 나오는 L석유회사에 대하여 뭐 좀 아십니까?"

"예, L석유회사는 오민우 씨가 회장으로 있습니다. 그 회사는 석유회사로 매출이 20조 정도 되는 회사입니다.

우리나라 기업 중 매출로 20위 안에 드는 회사입니다. 그런데 이 회사에서 서해에서 석유를 발견하여 지금 바다 속에 원유채굴 시설과 송유관을 설치하는 중입니다. 이 시설이 내년 중에 끝나고 원유채굴이 시작될 것입니다. 만약 이일이 순조롭게 된다면 L석유회사는 매출 규모에 있어서 우리나라에서 두 번째가 될 것입니다."

"신문에는 원유를 얼마나 생산할지 발표를 안 했던데… 어떻게 매출 2위의 회사가 될 것이라고 하십니까?"

"신문에는 안 나왔지만 재계에서는 쉬쉬하면서 이미 소문이 퍼졌습니다. 지금 시설하는 채굴시설이 일일 백만 배럴 이상이라고요. 만약 백만 배럴만 생산해도 일 년에 매출 오십억이 넘을 것입니다. 아마 그때 가서는 석유 값이 더 오를 터이니 그 이상도 되겠지요."

"하하, 민 전무께서는 재계에 대해서도 잘 아시는 모양입니다. 그럼 우리 회사는 매출액 순위가 어떻게 됩니까?"

"우리 회사는 매출액 순위가 꼭 30번째 입니다."

"하하, 아직도 그것밖에 안 됩니까?"

형진의 말을 들은 민 전무는 눈을 크게 뜨고 놀랐다.

"회장님, 재계에선 우리 회사를 가리켜 혜성처럼 나타난 기업이라고 합니다. 지금 재계에선 매출액 50위 안에 드는 기업들은 회사가 설립 된지 20년 이상 된 기업들입니다. 그러나 우리 회사는 설립 된지 이제 5년 밖에 안 된 기업입니다. 이처럼 단기간 내에 대기업으로 성장한 기업은 국내에서 우리 회사가 유일 합니다."

"흠, 그렇다면 매출액으로 10위 안에 들려면 우리 회사 매출이 얼마나 되어야 합니까?"

민 전무는 형진을 빤히 바라보다가 대답을 했다.

"매출액이 30조는 되어야 합니다."

형진이는 민 전무의 말을 듣고 다소 실망했다.

재계 순위 10위 안에 들기가 생각처럼 만만치 않음을 실감했다.

그의 회사는 앞으로 매출액이 많이 늘어난다 하여도 지금의 시스템으로는 30조를 넘기가 어렵다.

전지 하나만을 생산해서는 재계 랭킹 10위 안에 들기도 어렵다. 형진이는 탄식하면서 중얼거렸다.

"그렇다면 결국은 투명금속에 기대해볼 수밖에 없겠군……."

그러나 투명금속도 지금으로서는 너무나 막연하고 막막하기만 한 일이었다.

R중국 석유회사에서 사장이 석유탐사 담당자를 불러 놓고 의논했다.

"한국에서 서해 제1광구에서 석유를 발견한 후 채굴 시

설을 하는데, 그 규모가 대단히 큽니다. 그들은 석유매장량이 이억 배럴이라고 발표 했는데, 채굴 장비를 동원한 것을 보면 그들이 발표한 것 보다 많을 수 있습니다. 어쩌면 그곳에 막대한 석유가 묻혀 있을 수가 있습니다."

사장은 석유탐사 담당자의 말을 듣고 잠시 생각하다가 의아해서 물었다.

"그렇다면 한국 제1광구에서 석유가 나오니 우리도 그 근방을 시추해보자는 것입니까?"

담당자는 지체 없이 대답했다.

"예, 그렇습니다."

"그런데 석유광구가 그렇게 클 수가 있습니까? 지금 한국 사람들이 채굴시설을 하는 곳에서 40km 이상이나 떨어진 곳에 시추해야 하는데, 그곳에서도 과연 석유가 나올 가능성이 있습니까?"

만약 그렇지 않을 경우 헛된 낭비만 하는 셈이었다.

그러나 담당자는 열의에 불타오르고 있었다.

"석유광구가 크다면 충분한 가능성이 있습니다. 또 석유란 매장된 곳이 있는 근방에 또 다른 광구가 있을 가능성이 아주 많습니다."

"그 근방에서 시추를 하면 한국 측에서 좋아하지 않을 터인데… 괜히 외교적인 분란이 생기지 않겠습니까?"

"우리가 우리의 경제 수역에서 시추를 한다면 아무런 문제가 될 수 없습니다."

"그곳에 석유가 반드시 있다고 믿습니까?"

"꼭 있을 것이라고 장담할 수는 없습니다. 그러나 한국에서 석유가 나왔으니 그곳에서도 석유가 나올 가능성은 많습니다. 그래서 그곳을 한번 시추해볼 만합니다."

사장이 회의에 참석한 사람들을 둘러보았다.

"다른 기술자들의 의견은 어떠합니까?"

"이것은 제 사사로운 생각이 아닙니다. 우리의 많은 전문가들이 그곳을 시추해 보기를 간절히 원합니다.

"모두의 생각이 그러하시다면 한 번 시추를 해보도록 하지요."

"예, 그럼 시추하는 것으로 알고 준비를 하겠습니다."

"언제쯤 시추를 하게 됩니까?"

"지금은 석유시추선이 모두 외부에 나가 있습니다. 빨리 서둘러도 팔 개월 이상은 걸릴 것입니다."

"그럼 그렇게 알고 기대해보겠습니다."

한국 L석유회사에서 석유 채굴 장비를 많이 시설하자, 중국 R석유회사에서도 서해 중국경제 수역에 시추를 하기로 결정을 했다.

한편 중국정부는 한국의 4광구 이어도 북쪽 40km에서 석유가 발견된 것을 알자, 한동안 뜸을 들인 뒤에 4광구의

석유에 탐을 내기 시작하였다.

이어도 근방은 중국이 과거에 자기들의 경제 수역이라고 말한 적이 있었다.

물론 한국 측에서는 이것을 인정하지 않았다. 그러던 차에 이어도 북쪽에서 석유가 발견 된 것이다.

이 석유는 한국에서 직접 매장량까지 확인한 것이다.

이 석유를 한국에서 채굴설비를 하려 하자, 중국은 군함까지 보내어 한국이 채굴하는 것을 방해 했다.

그러자 한국은 외교적, 군사적 분란을 피하기 위하여 채굴시설을 철회했다.

이것을 중국에서는 한국이 이어도 근방을 중국 영해로 인정한다고 받아들이고 싶어 했다.

그들은 이어도 근방을 한국이 순순히 양보하리라고는 생각지 않았지만, 한국이 채굴 장비를 철회한 것은 때에 따라 중국에 양보할 수도 있다고 자기들 편한대로 생각한 것이다.

이 '때에 따라서'란 중국정부가 강력하게 밀고 나올 때엔 한국정부가 중국을 두려워 양보할 수도 있다고 생각하는 것을 말했다.

하여간 한국 정부가 중국 군함의 시위에 너무나 쉽게 물러선 것이 화근이 된 셈이었다.

중국 정부는 세상 사람이 4광구의 석유를 잊어버린 틈을 타서 이 석유의 주도권을 잡기로 한 것이다.

생각이 여기에 미치자 중국정부는 P석유회사에게 마라도 북쪽에 석유광구의 매장량을 조사하라고 지시를 했다.

그들은 한국 L석유회사에서 발표한 매장량 19억 톤을 믿지 않았다. 그 이유는 대개 석유회사들이 석유를 발견하면 매장량을 정확하게 발표하지 않기 때문이다.

중국의 도발

2016년 6월 4일.

중국 시추선이 마라도 근해에 나타났다.

한국 경비정은 해안경찰대에 연락을 했고 경찰청에서는 즉시 청와대에 알렸다.

대통령은 이와 같은 사실을 접하자 다소 곤혹스러워 했다.

대통령은 사실을 알려온 비서에게 물었다.

"시추선이 지나가는 것인가, 아니면 우리 영해에서 본격적으로 시추를 하겠다는 것인가?"

"중국 시추선이 마라도 북쪽 40km 지점에 도착하여 움직이지 않고 있습니다."

"그럼 거기에서 시추를 할 의향이 있다는 말인가?"

"일단 우리 경비정에서는 그렇게 생각하고 있습니다."

"그럼 그들에게 왜 왔는지 직접 물어보면 될 것이 아닌가?"

"우리 경비정에서 물어보니, 그곳은 자기들의 경제수역이니 대답할 의무가 없다고 했답니다."

대통령은 잠시생각하다 다시 물었다.

"지금 생각하니 지난날 그곳은 우리기업이 시추를 하여 석유를 발견한 곳이 아닌가?"

"거기는 매장량 확인 시추까지 한 곳입니다."

"그래 기억이 나는군… 그곳에 19억 배럴의 석유가 매장되어 있다고 했지?"

"그렇습니다. 그러나 제가 알기로는 그보다 훨씬 많은 것으로 알고 있습니다. 우리 한국이 그곳에서 채굴을 포기함으로 해서 P석유회사의 회장은 정부에 대하여 불만이 많았다는 소문이 있었습니다."

대통령은 머리를 끄덕였다.

"왜 안 그렇겠는가? 석유시추에 매장량 확인 시추까지 하려면 막대한 돈이 들었을 터인데… 석유를 찾고서도 못 캐내니 얼마나 화가 나겠는가? P석유회사에 연락하여 그곳의 매장량을 소상하게 알아 오도록 하시오."

"예, 곧 알아보겠습니다."

대통령은 비서가 나가자 잠시 생각했다.

그로서는 중국과의 분쟁을 피하고 싶은 것이 솔직한 심정이었다.

그러나 이어도 북쪽이라면 한국으로서는 쉽사리 포기할 수 없는 지역이다. 더군다나 한국에서 시추하고 매장량까지 확인했는데, 그곳에서 중국이 석유를 퍼 올린다면 이것은 한국의 주권 문제이고 체면 문제이다.

더군다나 국민이 과연 그와 같은 사실을 납득할 수 있겠는가?

중국이 그곳에서 시추만 한다 하여도 현 정부의 무능함을 국민에게 그대로 드러내는 꼴이 될 것이다.

생각이 여기에 이르자 대통령은 이것은 절대로 양보할 수 없는 일이라고 생각했다.

이때 비서가 다시들 어와 보고했다.

"P석유회사에 알아보니 그곳의 석유 매장량이 백억 배럴 정도라고 합니다."

"백억 배럴이라면 상당히 많은 매장량이 아닌가?"

"우리나라가 12년 정도 사용할 수 있는 양이라고 합니다."

"그거 대단하구먼… 하여간 우리로선 중국이 그곳에 와서 시추하는 것을 용납할 수 없으니 물러가게 하시오."

"알겠습니다. 곧 그렇게 지시하겠습니다."

비서가 나가자 대통령은 혼자 중얼거렸다.

"날 도둑놈들 같으니라고… 남이 애써서 석유를 찾아 놓으니 공짜로 먹겠다고… 흥!"

명령을 받은 한국 경비정은 중국 시추선에게 무전으로 물러갈 것을 요구하고, 그것도 부족하여 시추선 주변을 돌며 마이크를 통해 큰소리로 외쳤다.

"여기는 우리경제수역이니 물러가라. 여기서 시추를 할 수 없다. 만약 불응시엔 전원 체포하겠다."

한국 경비정이 강경하게 나왔으나, 중국 시추선은 꼼짝도 하지 않았다.

그렇다하여 경비정이 시추도 하지 않고 가만히 떠있는 중국 시추선에 어떤 위협을 가할 수는 없었다.

경비정은 한바탕 경고를 한 뒤에 시추선 주변을 천천히 돌며 시추선이 물러가기를 기다렸다.

그런데 그날 오후 늦게 중국 군함 한 척이 나타났다.

여기는 공해상이니 한국 경비정은 멀거니 중국 군함을 쳐다볼 수밖에 없었다. 중국 군함은 당당하게 자국 시추선 근방까지 와서 주변을 배회하며 시위를 했다.

경비정은 거대한 군함을 보니 주눅이 좀 들긴 하였지만, 그래도 기죽기 싫어서 물러가지 않고 중국 군함과 시추선 사이를 왔다 갔다 하면서 마이크로 떠들어대었다.

"중국 시추선은 빨리 물러가라. 여기는 엄연한 대한민국의 경제수역이다."

경비정에서 아무리 떠들어도 중국 측에서는 아무런 반응이 없었다.

두어 시간 지나자 한국의 군함 한척이 나타났다.

경비정은 그제서야 비로소 마음이 놓였다.

한국 해군의 군함은 건조된 지 삼 년밖에 안 된 신형 군함인 정기룡함이었다.

이 군함은 3200톤이나 나가는 구축함이다.

함장 박영호가 함교에서 쌍안경으로 중국 함을 살피고 있는데, 옆에서 있던 부관이 중국 함에 대하여 설명했다.

"함장님, 저 군함은 러시아에서 건조된 군함으로서 러시아에서 재정적으로 어려워 중국에 판 군함입니다. 저 군함의 이름은 푸조우함으로 배수톤수가 6600톤이나 되는 군함입니다. 저 군함은 함대함 미사일로 YJ-62를 탑재하고 있습니다. 이 미사일은 우리 해성과 마찬 가지로 순항 미사일로 사정거리가 300km나 되는 놈입니다."

"거 탄두의 무게는 어느 정도나 되냐?"

"300kg 정도 됩니다. 미사일은 수면 상에서는 비행고도가 10m 미만이라 레이더에 잘 잡히지 않습니다."

함장은 머리를 끄덕였다.

그는 중국 군함이 무력시위는 할망정 실질적인 무력을

행사하지는 않으리라고 생각했다.

그러나 승무원들은 이미 전투태세를 마친 상태였다. 만약의 경우를 대비한 조처였다.

함장은 쌍안경을 내려놓으며 물었다.

"거리가 너무 가까운 것 같은데 얼마나 되는가?"

"지금 4200m 거리에 있습니다."

"저들도 우리를 보았으니 조금 거리를 더 벌려보자고."

"알겠습니다."

"그렇다고 너무 멀리 떨어져 있으면 곤란하지. 저들이 육안으로 우리를 볼 수 있는 거리라야만 하네."

"그럼 6~8km 정도로 하겠습니다."

함장은 머리만 끄덕였다.

그로서는 그의 군함 정기룡함이 여기까지 온 것은 중국 군함에 대응하기 위한 것이다.

그러니 육안으로 보이는 곳에 있어야 상대가 부담을 가질 것이 아닌가?

만약 좀 더 멀리 떨어져 있다면 상대방은 부담도 안 느낄 것이고, 오히려 한국 군함이 겁을 먹었다고 오해할 여지도 있을 것이라 생각했다.

정기룡함은 6km 정도 떨어진 바다위에서 빙빙 돌고 있었다.

또한 중국 푸조우함도 시추선을 중심으로 빙빙 돌면서 육중한 자태를 뽐내며 시위를 하고 있었다.

푸조우함은 다음 날인 6월 5일까지도 떠나지 않고 시위를 계속하고 있었다.

정기룡함 함장은 덕분에 잠을 한숨도 못자고 뜬 눈으로 밤을 새웠다.

날이 밝자 그는 피곤한 눈으로 쌍안경을 들어 푸조우함을 바라봤다. 그러면서 그는 생각했다.

만약 먼저 무력을 행사한다면 한국 측이 아닌 중국 측이 될 것이다.

그리고 이 사실을 중국 측도 알고 있을 것이다. 그렇다면 아마도 푸조우함 함장은 밤새도록 퍼질러 잠을 잦을 것이다.

그러나 자신은 만약을 몰라 밤새도록 신경을 곤두세우며 지새웠다. 그는 이것이 강자와 약자와의 차이라고 생각했다.

이런 생각을 하니 갑자기 가슴속에서 뜨거운 것이 뭉클 솟아오른다.

"빌어먹을 자식들! 언제까지 저러고 있을 거냐? 한바탕 하려면 빨리 하던가?"

그가 열불이 나서 투덜거리고 있었지만, 푸조우함은 어제와 똑같이 시추선 주위를 돌고만 있었다.

함장이 살펴보니 한국 경비정은 보이지 않았다.

어제 저녁까지만 해도 시추선 주위를 뱅뱅 돌더니 밤사이에 사라졌다. 그 조그만 경비정이 사라진 것을 알게 되니 갑자기 외로워졌다.

함장은 자기 심경의 변화를 읽고 문득 씁쓸한 미소를 짓는다.

푸조우함 함장은 함교에서 커피를 마시고 있었다. 그는 상부의 지시에 따라 마지못해 이 짓을 하고 있었지만 이제는 지루하다 못해 싫증이 나고 있었다.

'도대체 언제까지 이 짓을 해야 한단 말인가?'

그는 커피잔 속에 커피를 빙빙 돌리며 생각에 잠겨 있었다. 이때 부관이 와서 보고했다.

"저… 함장님, 사령관님께서 한국 해군에게 적절한 교훈을 주라고 하십니다."

여기서 사령관이란 중국 북해함대의 사령관을 말하는 것이다.

함장은 놀란 눈으로 부관을 올려다봤다. 그리고 재빨리 머리를 굴려 생각해봤다.

'도대체 뭘 어쩌란 것인가? 교훈이라니? 물 위에 떠 있는 남의 나라 군함에게 어떻게 교훈을 주라는 것인가?'

그는 한참을 더 생각하더니 명령했다.

"두 함선의 거리가 너무 가까우니 진로를 북쪽으로 하여

나가라."

푸조우함은 시추선을 떠나 북쪽으로 향했다.

그러자 정기룡 함에서도 부관이 보고를 했다.

"푸조우함이 진로를 북쪽으로 바꾸어 나가고 있습니다."

함장은 머리만 끄덕이고 아무 말 안했지만, 중국 측이 시위를 거두고 물러나는구나 하고만 생각했다.

푸조우함 함장은 북쪽으로 4km 정도 나가자 갑자기 명령했다.

"C-602를 준비하라."

C-602란 대함 미사일로서 순항미사일이다.

일단 발사되면 비행 고도가 7~10m 정도밖에 안 되어 레이더에 잘 걸리지 않는다. 이 미사일엔 300kg의 탄두가 실려 있어 상당히 위협적인 미사일이다.

부관은 다소 흥분한 표정으로 물었다.

"함장님, 목표는 어디입니까?"

"몰라서 물어? 정기룡 함이다."

부관은 곧 다시 보고했다.

"함장님 C-602 발사 준비되었습니다."

"발사하라."

길이 6m나 되는 C-602는 연기를 내뿜으면서 발사관을 벗어나 상승하자 곧 머리를 숙이고 수면을 스칠듯이 한국 군함 정기룡 함을 향하여 날아갔다.

정기룡 함에서는 중국 군함이 물러나자 긴장이 풀리기
시작했다.

지휘통제실에 각종기기를 조종하는 부사관들은 긴장이
서서히 풀어지기 시작하였다. 거기다 밤을 새워 근무를 했
으니 갑자기 피로감이 몰려오기 시작하였다.

이때 몇 초간 깜박 졸던 레이더 담당관이 눈을 번쩍 뜨고
모니터를 보니 지금까지 보이지 않던 반점이 보인다. 그는
놀라서 자세히 살핀다.

"이게 뭐야? 미사일 아니야?"

담당사관은 놀라서 큰 소리로 외쳤다.

"적이 미사일을 발사했다."

함장이 놀라서 물었다.

"어디로 발사한 것이냐?"

"미사일이 우리 쪽으로 날아옵니다."

"즉시 대응 미사일을 발사하라."

곧 담당사관이 소리쳤다.

"대응미사일을 발사 했습니다."

"적 미사일과의 거리 3km."

함장 박영호는 이를 악문다.

그가 생각해도 적은 너무 가까운 거리에서 미사일을 발

사한데다가, 아군은 그 미사일을 너무 늦게 발견했다.

함대 공 미사일 스탠더드는 충분한 거리를 확보하고 발사해야 하는데 아무래도 너무 늦은 것 같았다.

그는 즉시 명령했다.

"적함에 당장 해성을 발사하라."

이때 정기룡 함에서 발사하는 벌컨포 소리가 들렸다.

적의 미사일이 가까이 오자 벌컨포로 탄막을 형성하는 것이다.

그러나 곧 함체가 흔들리며 폭음소리가 들렸다. 함체는 지진을 만난 듯 몹시 흔들렸다.

서있던 장교들은 모두 충격에 의하여 바닥에 나뒹굴었다.

함장도 넘어졌다 일어나면서 황망히 말했다.

"어디에 피격을 당했나?"

그러나 아무도 대답하는 사람이 없었다. 함장은 다시 소리쳤다.

"빨리 알아봐라."

이때 장교가 들어오면서 대답했다.

"함장님, 선수가 피격 당했답니다."

함장은 악이 나서 소리쳤다.

"해성을 발사했나?"

담당사관이 곧 억눌린 목소리로 대답했다.

"레이더가 나갔습니다. 지금은 해성을 발사할 수가 없습니다."

함장은 낙심이 되어 한숨을 내쉬고선 말했다.

"피해는?"

"선수에 불이 났습니다. 지금 진화중 입니다."

"침수는?"

"다행이 침수는 없었습니다."

"화재는 어느 정도인가?"

"지금 진화반이 불을 끄고 있습니다."

"침몰은 면하겠는가?"

"침몰할 것 같지는 않습니다."

한편 푸조우 함에서는 유도탄 담당사관이 소리쳤다.

"명중 했습니다."

"한국함에서 대응은 없는가?"

"아직은 없습니다."

이때 부관이 나서서 대답했다.

"우리 유도탄에 맞았으니 대응할 수 없을 것입니다."

"침몰은 하지 않았고?"

"조금 더 두고 보아야 압니다."

지휘통제실 안에 있는 장교와 부사관 들은 함성을 내지르지는 않았지만, 자신들의 행위에 만족하고 있었다.

이때 함장 옆에 있던 부관 한 명이 나서서 말했다.

"정기룡 함은 한국에서 가장 최근에 만든 최신 함인데, 이제 보니 뭐 별것도 아닙니다."

또 다른 부관이 대답했다.

"원래 예로부터 소문난 잔치에는 먹을 것이 없다고 하지 않았나."

"그럼 그렇지, 우리 미사일을 감히 제 놈들이 막을 수 있겠는가?"

이때 다른 부관이 나서서 말했다.

"함장님, 침몰할 것 같지 않습니다. 한 방 더 먹이지요?"

잠시 고민하던 함장의 입이 열렸다.

"됐다. 그만하고 돌아가자."

이때 정기룡 함은 기지로 향하고 있었다.

한방 얻어맞은 함장은 황당했다.

아니! 어떻게 중국군함이 선전포고도 없이 불시에 기습을 할 수 있는가?

생각만 해도 기가 막힐 일이다. 더욱이 그는 중국 군함이 무력을 행사하리라고는 꿈에도 생각하지 못했다.

지금 한국과 중국 사이에는 정치, 군사, 경제적으로 아무 문제도 없이 잘 지내고 있었다.

이럴 때 아무런 경고도 없이 한국군함을 공격하다니…

이게 말이나 되는 일인가?

그러나 한 방 두들겨 맞았으니 모든 책임은 함장인 자신의 책임인 것이다.

그로서는 책임질 수 없는 불가항력적인 일을 책임져야 하는 것이니 기분이 참으로 더럽다.

다음날 신문과 방송은 이 일로 하늘이 들썩일 정도로 떠들어 대었다.

한국으로서는 너무나 어이없고 분통이 터지는 일이었다.

남의 나라 경제수역에서 시추를 하겠다는 것이 말도 안 되는 소리인데다가, 군함을 동원하고 그것도 모자라 경고도 없이 미사일을 발사하다니……

이번 중국의 만행으로 정기룡 함이 반파가 되었을 뿐 아니라, 해군 3명이 전사하고 다섯 명이 부상을 당했다.

국민들은 이일로 인하여 엄청 화가 났다.

그들은 화풀이를 정부에 대고 했다.

[정부는 무슨 일을 이렇게 하는 것인가? 중국 군함이 남의 나라 해역에 들어와 선전포고도 없이 우리 군함을 공격하게 하다니. 무슨 외교를 이렇게 하는 것이냐]

국민들은 맹렬히 중국 정부를 비난 했지만, 한국 정부도

싸잡아 비난했다.

그러나 한국 정부로서도 상상치도 못한 일이 갑자기 터졌으니 당할 수밖에 없었다.

그런데 국민들은 정부를 비난하니 정부로서는 억울하지만 할 말이 없었다. 한국정부는 즉각 중국대사를 불러 엄중히 항의 하였다.

이때 외국 언론들도 중국의 기습적인 군사행동을 맹렬히 비난했다.

그리고 한국의 삼천 톤 정도밖에 안 되는 군함이 중국 미사일을 맞고도 약간의 손실을 입은 점에 놀랐다.

이것은 선체를 복합장갑판으로 만든 한국 조선기술의 결정판이었기 때문이다.

이 기사를 읽은 짓궂은 한국인들은 이렇게 떠들었다.

"맨날 얻어터지기만 하더니 결국은 맷집만 좋아졌구나."

한편 푸조우함이 북해함대 기지로 돌아가 함장이 사령관을 만나 보고했다.

"사령관님, 한국 군함에게 충분한 교훈을 주었습니다."

그러나 사령관의 얼굴에는 차가운 빛이 감돌았다.

"내가 교훈을 주라고 했지, 언제 미사일로 공격하라고 했는가?"

"예? 사령관님, 그것은……."

푸조우 함장으로서는 전혀 상상도 못했던 힐책이었다.

교훈을 주라고 애매모호한 말을 한 사람이 누군데 이제 와서 자신을 힐책 한단 말인가?

푸조우 함장이 놀라고 의아한 눈으로 사령관을 바라보자 사령관이 말했다.

"우리 군함이 두 배나 크지 않은가? 그 군함으로 그냥 밀어만 버리면 될 것을, 어쩌자고 미사일을 사용 했는가?"

"저… 저는 상대방에게 타격을 입히라는 명령으로 알아 들었습니다."

"어쨌든 귀관은 한동안 쉬어야 하겠다. 한국과 세계의 여론이 아주 안 좋아."

중국은 다음날 짤막한 성명서를 발표했다.

[금일 사고는 푸조우함 함장의 실수로 미사일이 발사된 것입니다. 이 일을 우리 중국은 매우 유감스럽게 생각합니다.]

중국 정부에서 짤막하나마 유감이란 사과 아닌 사과를 했으니, 한국 정부는 이것을 확대 해석하여 사과로 받아들이고 여론을 무마하였다.

그러자 국민은 또 한마디 했다.

"우리가 동네 북인가. 툭하면 북한 놈들에게 두들겨 맞고, 이젠 중국 놈들에게도 두들겨 맞는단 말인가?"

한국 국민들로서는 북한에게 당한 것도 화가 나는데, 이제 중국에게까지 당하니 정말로 화가 났다.

더군다나 우리 군함이 대응조차 제대로 못해보고 당하자, 자존심이 몹시 상하였다.

지난날 같으면 약소국의 한이라고 얼버무려 넘길 수 있었지만 이제는 아니었다.

지금 우리 한국은 엄연히 경제대국 중에 하나며 군사강국 중에 하나였다.

그런데 또 두들겨 맞다니!

국민들이 분하고 원통하게 생각할 이 시간에 한국 해군도 발칵 뒤집혔다.

서해함대 사령관과 참모들이 모여 정기룡 함의 함장에게 질문을 했다.

"푸조우함에서 미사일을 발사한 것을 어찌하여 막지 못하였는가?"

"그 당시 푸조우함과 우리 함과의 거리는 불과 십 키로미터도 안 되었습니다. 우리가 적의 미사일을 발견하였을 때엔 적의 미사일이 5km 이상 접근한 후였습니다. 우리가 대공 미사일을 발사했을 때엔 적 미사일이 3km 이내로 접근한 후였습니다. 그런데 우리 대공 미사일은 적의 미사일을 격추시키지 못하였습니다. 다급하여 우리는 벌컨포로 탄막을 형성하여 미사일을 막으려 했으나 이것마저 실패했습니다."

"그렇다면 우리는 어째서 함대 함 미사일을 발사하지 않았는가?"

"우리 대함 미사일인 해성을 발사하라 명령을 했으나, 그때는 이미 적의 미사일이 우리 정기룡 함을 강타하여 모든 기기가 고장이 나서 결국은 미사일을 발사하지 못하였습니다."

차분한 함장의 대답에도 다소 힐책이 섞인 질문은 쉼 없이 쏟아졌다.

"적의 미사일을 왜 그렇게 늦게 발견하였는가?"

"그 당시 우리 요원들은 모두 밤을 새워 몹시 피곤한 상태였습니다. 또 푸조우함과 너무 오래 동안 대치하고 있는 상태라서 다소 마음이 느슨해진 상태에다가 지쳐 있었습니다. 거기에다 푸조우함이 돌아가는 척 하여 요원들이 다소 긴장이 풀어진 상태였습니다. 이런 관계로 적의 미사일을 몇 초 늦게 발견했습니다."

사령관은 탄식을 했다.

"도대체 저들이 이런 행위를 한 이유가 무엇인가? 참으로 푸조우함 함장의 독단 행위란 말인가?"

참모 중 한사람이 대답했다.

"절대로 푸조우함 함장의 독단 행위라고 말할 수는 없습니다. 그가 독단적으로 행한 행위라면 우리 정기룡 함과 24시간이나 대치하고 있었겠습니까?"

이것은 누가 봐도 분명한 일이었다.

그렇지만 중국측에서 푸조우함 함장의 개인 실수라고 발빠르게 발표를 해버린 상태였다. 때문에 중국을 상대로 따지고 들기도 애매한 상황이었다.

"이것은 중국 해군이 처음부도 계획하고 의도한 행위였습니다. 절대로 이것은 돌발 사고가 아닙니다."

"그렇다면 그들이 이런 행위를 한 이유는 무엇이라고 생각 하는가?"

또 다른 참모가 대답했다.

"그 이유는 한마디로 다 말할 수는 없습니다. 우리가 전작권을 미국으로부터 찾아오자, 그 후 중국은 우리와 미국 사이에 맺은 군사동맹을 매우 껄끄럽게 생각하기 시작했습니다. 중국으로서는 미국과 키 재기를 하는데, 자기 영토 옆에 있는 우리가 미국의 동맹국이라는 것이 매우 껄끄러웠을 것입니다."

참모의 분석에 회의실에 모인 사람들의 시선이 모여들었다.

"그리고 그들은 우리 한국이 대양해군으로 발전하는 것

이 여러모로 눈에 거슬렸을 것입니다. 거기에다 이어도에 막대한 석유가 매장되어 있어서 그 석유도 무척 탐이 났을 것입니다."

대부분의 사람들이 긍정을 하듯 가만히 고개를 끄덕이고 있었다.

"또 서해에 막대한 석유가 매장 되어 있고, 그 석유를 우리가 퍼내기 직전에 있어 곧 그 석유는 우리나라의 경제발전을 촉발할 것입니다. 이러한 것들이 중국 입장에서는 별로 탐탁지 않은 것입니다. 이런 이유로 중국은 우리나라 해군의 전력도 탐지할 겸, 우리에게 경고도 할 겸해서 이번 일을 획책한 것 같습니다."

사령관은 탄식하며 말했다.

"하필이면 가장 최근에 건조한 정기룡 함이 당하였으니, 이제 중국 놈들이 앞으로 우리 해군을 어떻게 볼 것인가?

투명금속

형진이가 오래간만에 일찍 집에 돌아왔다.

일찍 이라고 해 보았자, 오후 7시가 막 넘어서는 시간이었다. 거실에서 텔레비전을 보고 있던 누나가 반갑게 맞이했다.

"얘. 웬일이냐, 이렇게 일찍 들어오게."

"하하, 아들 녀석 얼굴 좀 보려고 일찍 들어왔어. 맨날 그녀석 잠깨기 전에 나가서 잠든 뒤에나 들어오니 잘못하면 내 얼굴을 잊어 먹겠어."

"호호, 너도 농담을 다 하냐. 씻고 내려와, 오늘 너한테 할 말이 있으니."

형진이는 이층에 올라가서 샤워를 하고 내려와 소파에 앉았다.

그러자 아들 명석이가 와서 무릎 위에 앉았다. 형진은 아들의 손을 잡고 뺨에 입을 맞춘다. 이때 누나가 입을 열었다.

"형진아. 너희 제약회사에 내 일자리 좀 하나만 만들어 줘라."

"왜? 누나는 빌딩 관리에도 바쁘잖아?"

"그 빌딩에는 세든 회사가 은행과 네 회사뿐인데, 내가 할 일이 뭐가 있어? 한 삼년 놀고먹었더니 이제는 지루해서 죽겠다. 그리고 무엇보다 사람이 게을러져서 안 되겠어."

형진이가 얼른 대답안하고 생각에 잠기자 누나가 다시 말했다.

"얘. 나 능력 있다. 넌 무엇을 그리 오래 생각하니?"

"알아. 누가 능력이 없다고 했어? 그래도 내 누나인데 평사원으로 갈수는 없잖아? 이사 자리라도 하나 내 주어야 하겠는데, 갑자기 그런 자리가 있으려나 모르겠네. 하여간 내가 알아볼게."

"그래, 너 잊어먹지 말고 꼭 알아봐야 한다."

"그런데 놀다가 갑자기 회사 일을 맡아보게 되면 일이 매우 힘들 터인데……."

"내 걱정은 하지 마라. 은행일도 했는데 그 만한 일을 못 하겠어?"

"아니. 미숙이도 있고 하니 누나가 집에 있어야지. 미숙이는 이제 초등학교 2학년인데."

"집에 엄마도 있는데 무슨 걱정이니. 애써서 대학까지 나왔는데 평생 집에서 썩을 수는 없잖아? 사람이 성취욕이 있어야지? 내가 한 삼년 그 회사에 다니다가 사장자리 맡아서 할게."

누나 말을 들은 형진이가 피씩 웃었다.

그러자 누나가 정색을 하고 대들었다.

"왜 웃니? 내가 제약회사 사장쯤 못할 줄 아니? 제약회사는 덤벙대는 남자들보다 차분한 여자가 경영하는 것이 더 낫다. 네가 날 우습게 보는 모양이다만, 나 이래봬도 능력이 있다. 은행 입사 시험도 이십대 일이나 되는 것을 당당하게 시험을 보아서 들어갔다. 내가 너희 회사에 가면 한 달 안에 회사 내역을 다 알 수 있고, 뭐가 잘되어 있고 뭐가 문제인지 알 수 있다. 사실 경영이라면 너보다야 내가 한수 위지."

"아니! 내가 뭐라 했어? 알았어, 내가 빨리 자리를 마련해 볼게."

형진이가 확답을 하자 누나는 환하게 웃었다. 그리고 다시 입을 열었다.

"너희 회사에 자금이 많잖아? 이 기회에 적당한 회사를 몇 개 더 사들여서 계열사를 만들어 당당한 재벌이 되어 보자."

"와! 누나 오늘 웬 말이 이렇게 많아? 정신이 하나도 없게. 그리고 계열사가 많으면 정신만 사나워. 회사 하나를 가져도 쓸 만한 회사를 가져야지. 곧 우리 회사도 사업을 크게 확장 할 것이니 조금만 기다려봐. 우리 회사를 세계에서 가장 큰 회사로 만들 터이니."

"아니, 무엇을 해서 세상에서 제일 큰 회사가 되니? 괜히 쓸데없는 욕심 부리지 말고 지금 있는 회사나 잘 관리해. 지금 내 친구들은 우리 회사를 얼마나 부러워하는데. 처음 네가 회사를 차렸다고 하자 친구들은 오히려 걱정했어."

이미 그동안 많이 들었던 말이었지만 형진은 사양하지 않았다.

"그런데 너희 회사가 불꽃처럼 일어나자 내 친구들은 네가 경영에 천재인줄 알아. 그런데 네가 쓸데없는 욕심으로 회사를 망친다면 내가 무슨 꼴이 되니? 동생아, 앞으로 가늘고 길게 살자. 이만하면 성공한 인생이 아니냐?"

"하하, 누나 자랑거리가 없어질까 봐 겁이 나는 거냐? 걱정할 것 없어. 난 절대로 망하지 않으니까?"

"얘. 사람이 분수를 알아야지. 우리에게 이만한 기업도

과분한 것이 아니냐? 이 기업체만 잘 유지하면 너와 너의
자손들이 제왕처럼 살 수가 있어."

"하하, 누나 말이 재미있어. 내가 기업을 경영해보니 걱
정이 끝일 틈이 없고 일이 많아 쉴 틈도 없고 몸과 마음이
항상 고달파. 이런 것을 자손에게 물려주는 것이 뭐가 대
단한 일이야?"

형진은 자신의 기업을 아들에게 물려주고 싶은 생각은
없었다.

"인생이란 이렇게 살아도, 저렇게 살아도 어차피 한평
생인데. 좀 마음에 여유를 가지고 사는 게 좋잖아? 그런데
이런 기업체를 경영하면 그런 행복은 다 포기해야 해. 난
누나도 기업에 손대지 말고 여유롭게 인생을 즐기면서 살
았으면 좋겠어."

빙그레 웃은 누나가 다시 입을 열었다.

"호호. 물론 나도 처음엔 그렇게 생각했다. 그러나 시간
이 지나면서 내 인생이 너무 무미건조 하다는 것을 깨달았
어. 인생이란 소속감을 갖고 어떤 목표를 향하여 바삐 달
려가야 하는 것이다. 그래야 인생의 가치를 만끽할 수 있
어. 나한테 제약회사를 맡겨 보아라. 내가 반드시 너의 기
대에 어긋나지 않게 세계적인 기업으로 키워 놓을 터이니
까?"

"알았어. 누나가 하겠다는데 내가 어떻게 말려. 하여간

일자리는 곧 마련해 볼게."

다음 날 형진이가 회사에 일찍 출근하여 신문을 보고 있
으려니까 진수가 들어왔다. 형진은 신문을 내려놓으며 말
했다.

"아니! 네가 아침 일찍부터 웬일이니? 이렇게 일찍 출근
을 하게."

"무슨 소리야. 난 원래부터 일찍 출근해."

이때 비서가 차를 가지고 들어왔다.

진수는 소포에 푹 기대어 앉아서 설록차를 마신다. 그러
면서 그는 한동안 입을 열지 않았다.

형진이도 차를 마시며 진수가 입을 열길 기다렸다.

진수는 차를 한잔 다 마시고선 입을 열었다.

"유 박사의 블랙홀 시험은 그 효율이 51%까지 올라갔
다. 이제는 공장을 지어 기업화할 가치가 충분히 있다. 그
래서 설계부에 일러 블랙홀을 다시 설계하게 했다. 벌써
육 개월 전에 지시 했는데, 이미 설계가 끝나고 재검토 중
이다."

"처음엔 효율이 어느 정도 이었는데?"

"18% 정도밖에 안 되었었다."

"그럼 이제는 시작해 보아야겠는데… 공장부지는 어떻
게 되었어?"

"그동안 안산 남쪽에 땅을 부지런히 사들였는데, 그 땅 옆에 큰 땅이 있거든. 그런데 그 땅 주인이 땅값을 턱없이 많이 요구하고 있어. 우리 회사가 그 근방의 땅을 사드리는 것을 알고 일부러 더 높은 가격을 부르는 것 같아."

"그 땅이 얼마나 되는데?"

"십팔만 평이나 돼. 그런데 그 근방의 땅을 평당 백오십만 원에 사들였는데, 이 사람은 이백만 원을 고집하는 거야."

"지금까지 사들인 땅이 모두 얼마나 되는데?"

"모두 이십사만 평이다. 그런데 그 땅을 사들여야만 우리의 땅이 살아난다. 그 땅만 사들이면 땅 모양이 반듯하여 아주 보기 좋은데……."

"뭐, 우리 약점을 잡고 땅값을 더 달라는 데야 별수 있냐. 그냥 상대가 원하는 대로 주고 사라."

"휘유! 그러려면 들어가는 돈이 적지 않은데……."

"할 수 없잖아. 그런데 그 땅은 정지(整地) 작업을 한 땅이냐?"

"응, 정지작업을 아주 잘해놓은 땅이다. 사들이면 곧 공장을 지어도 돼."

"그럼 그렇게 비싼 것도 아니네. 질질 끌지 말고 빨리 오늘이라도 땅을 사드려."

"알았어. 그럼 그렇게 지시할게."

"그런데 그 블랙홀 인가 뭔가, 그 공장을 하나 짓는데 비용이 얼마나 들어?"

"매일 투명 금속 510톤을 생산하는데 공장 하나에 구천 팔백억이 든단다."

"허! 그거 돈이 만만치 않군. 그런데 다른 공장도 지어야 하지 않나?"

"전기로와 후판, 형강, 강반 등 제철소에서 사용하는 기계도 설치해야 해. 이 시설만 하는데도 일조 이상이 들어가."

"그런데 투명금속은 얼마나 생산할 것이냐?"

"처음엔 공장을 하나 세우고 시운전을 해본 후에 아무 문제가 없으면 다음에 공장을 많이 짓도록 하자."

"그럼 그렇게 하자."

"그런데 우리 본사 사옥을 지을 땅을 다 마련했는데 이제는 사옥을 지어야지."

"모두 사천이백 평이지?"

"맞아. 사천이백 평이다. 그 땅에 대지 천팔백 평에 한 삼십 층짜리를 지으면 어떻겠냐? 지금 사용하는 사옥은 너무 좁아서 옴치고 뛸 수도 없어. 빨리 본사 사옥을 지어야만 해."

"그거 짓는데도 돈이 꽤 많이 들겠는데?"

"한 오천억 정도는 들어야 해."

"이왕 지어야 할 것이라면 시간 끌지 말고 서둘러서 빨리 짓자."

"그럼 내가 건설 회사를 알아볼게."

"아니, 입찰을 해서 결정하는 게 좋지 않을까?"

"그럼 그렇게 하지."

진수가 일어나려다 말고 다시 앉으면서 물었다.

"그런데 연구실에서 레이저 광선을 실험하는데 이백억을 요구한다며……?"

"그래, 며칠 전에 권 박사가 왔다 갔어. 무슨 레이저포를 시험하는데 이백억 정도가 필요하다고 그러던데……."

"그럼 결국 그것이 무기를 만드는 것이었어?"

형진이는 머리만 끄덕였다.

"그래서 결제해 주었어?"

"어… 결제해 주었다."

"그것이 성공한다 해도 돈이 안 될 터인데… 그런 무기를 정부에서 함부로 팔게 하겠어?"

"그래도 어쩔 수 없잖아, 우리 군이 맨날 이놈 저놈한테 얻어터지니, 당장은 좋은 무기라도 있어야지."

"그게 빛이 쏘아 나가는 것인데, 과연 대단한 효과가 있겠어?"

"그렇지 않은 모양이다. 권 박사의 말로는 레이저포가 완성되면 전쟁의 양상이 바뀔 것이라고 하더군. 그 사람

말로는 적의 전투기나 미사일을 모두 격추시킬 수 있다고
했어. 만약 우리 해군이 이런 무기를 가지고 있었다면, 중
국의 미사일에 우리 정기룡 함이 얻어맞지도 않았을 것이
라 하더군…….”

진수의 표정이 애매해졌다.

무기는 결국 인명을 살상하는데 사용되어지는 것이다.
그런 무기를 만들어내는 일에 앞장을 선다는 것이 영 마음
이 불편하기만 했다.

그렇지만 지금에 와서 반대를 할 수도 없었다.

“그럼 결국 우리 회사에서 무기도 생산하게 되겠군.”

“그렇게 될 모양이다. 뭐, 좋은 무기를 만들어 우리나라
를 지킬 수 있다면 마다 할 수도 없는 일이지.”

“그런데 연구비가 너무 많이 들어가니 그게 문제다.”

“좋은 무기를 연구하는데 그 정도 투자는 해야 하는 거
아니야? 돈이 좀 들더라도 매일 두들겨 맞는 것보다야 낫
잖아?”

진수는 얼굴을 찡그리며 말했다.

“나는 사람을 죽이는 무기만은 만들고 싶지 않았는
데…….”

“큰 기업을 하려면 우리나라 국방에 대해서도 신경을 써
야지. 대기업에서 국방에 대해 등한시 한다면 우리나라가
언제 강국이 되겠어? 무기란 꼭 살인을 목적으로 해서 만

드는 것은 아니잖아. 그보다는 전쟁억지력을 갖기 위해서
만드는 것이라고."

그래도 진수의 표정은 밝아지지 않았다.

그래서 형진은 진수의 부담을 조금이나마 덜어 줄 수 있
는 방법을 찾았다.

"그러니 너는 무기에 대해서는 잊어 버려. 그것은 내가
알아서 할게."

"그런데 투명금속 공장은 어떻게 할 것이냐?"

"무슨 말이냐?"

"투명금속을 생산하려면 회사를 별도로 하나를 세워야
하지 않냐?"

진수는 투명금속의 생산을 위한 별도로 독립된 회사를
생각하고 있었다.

"아… 그것 말인가? 회사를 또 하나 만들 것이 아니라 그
냥 우리 회사에다가 업종만 하나 더 추가를 하자."

"그럼 독립된 회사를 만들지 않고 이 회사에 추가로 만들
예정이냐?"

"그래. 우리 회사에서 그냥 생산을 하자고……."

"그럼 우리 회사에 사장이 두 명이 있어야 하겠네?"

"두 명이 필요할 거다. 한 사람은 전지회사를 맡고, 다른
한 사람은 투명금속을 맡아야지."

"이제부터 누군가 투명금속에 본격적으로 매달려 일을

해야 하는데, 누구한테 그 일을 맡기려고?"

궁금해 하는 진수를 보며 형진은 당연하다는 듯 말했다.

"그거야 당연히 네가 맡아야지."

"아니! 지금 나를 한직으로 쫓아내는 거냐?"

"무슨 말을 그렇게 하냐? 누가 너를 한직으로 쫓아 내? 공장을 세우려면 여러 가지 할 일이 많은데… 그때마다 일 일이 나한테 물어서 결정할 수는 없잖아? 네가 맡아서 하면 어지간한 것은 너 혼자 알아서 결정하면 되잖아? 그 일에 적임자는 오직 너 뿐이다."

"아니! 나는 이 회사의 사장으로 온지 일 년 밖에 안 되는데, 또 다른 데로 가라고 하니 하는 말이다."

진수는 자신이 기동타격대도 아니고 한 곳에 머물며 뭔가를 꼭 이루고 싶었던 것이다.

"이봐. 너는 이 회사의 대주주고 경영자야. 누가 너더러 가라마라 할 수 있냐? 투명금속 공장은 막대한 돈을 들여서 건설하는 것이다. 이런 일을 책임지고 맡아서 할 사람은 너 밖에 더 있어? 투명금속은 이 전지보다 매출이 훨씬 더 많게 될 것이다. 그 공장만 성공시키면 너는 명예와 명성과 부를 동시에 다 네 손에 거머쥐게 될 것이다."

"뭐야? 그렇다면 결국은 내가 맡아서 해야 된다는 말 아니야?"

결국 형진의 마음은 진수에게 맡기는 것으로 가 있었다.

"그래. 그 일은 오직 너만이 할 수 있는 일이다."

"그럼 이 회사 사장은 누구로 임명할 것이냐?"

"글쎄… 너만 좋다면 전무가 사장이 되는 게 좋지 않을까? 그 사람은 능력이 있던데……."

"그럼 그렇게 하자. 나는 가서 땅이나 사들여야 하겠다."

진수가 나가자 형진이는 바로 제약회사에 전화를 했다.

"박 사장님 이십니까?"

—예, 회장님.

"다른 것이 아니고 그 회사에 임원자리 하나 마련해 주십시오."

—저… 어느 분이 오실 것입니까?

"내 누님이 가실 것입니다. 그러니 가능하다면 부사장자리를 하나 만들어 보세요."

—예, 알겠습니다.

형진이는 전화기를 놓고 혼자 씁쓸하게 웃었다.

전화기를 통하여 박 사장의 벌레 씹어 먹는 표정이 보여서다.

형진이도 낙하산 부대는 좋아하지 않는다. 그러나 상대는 누나다. 여섯 살 위인 누나는 지난날 형진 이를 각별하게 보살펴 주었다.

그런 누나의 요청을 그로서는 거절할 수가 없었다.

그가 알기로도 누나는 확실히 뛰어난 자질이 있었다. 그러나 갑자기 제약회사에, 그것도 제도적으로 있지도 않은 부사장 자리를 만들어 누나에게 주자니, 저절로 얼굴이 뜨거워 졌다.

그는 성격이 고지직하여 이런 일을 아주 싫어했다.

그러나 누나를 위하여서는 감수할 수밖에 없었다.

삼 일이 지나자 진수가 다시 들어왔다. 형진 이는 진수를 보자 먼저 입을 열었다.

"땅 매입은 이제 끝난 거냐?"

"지금까지 매입한 땅이 모두 42만 평이니까, 이제는 공장을 지어도 될 것이다. 그리고 가능하면 앞으로도 땅을 더 매입할 생각이다."

레이저로 된 무기까지 생산을 하려면 추가적인 땅 매입은 당연한 일이었다.

"그 땅을 한번 가 봐야지?"

"나는 벌써 서너 번 가보았다."

"그럼 나도 날을 택하여 가서 살펴보아야 하겠군."

"그리고 본사 사옥은 우리 고모부 회사에서 짓도록 했으면 좋겠다."

당초와는 다른 계획 때문에 형진이 의아한 표정으로 진수를 바라봤다.

그러나 진수의 제안이 나쁘지는 않았다.

"아니, 그거는 원래 입찰하기로 한 것이 아니었냐?"

"그래, 나도 처음에는 그렇게 할 생각이었어. 그런데 우리 아버지와 고모가 와서 아주 난리시다. 너도 알다시피 건설경기가 십 년째 불경기다."

그러면서 진수는 얼굴을 찡그리면서 그렇게 된 경과를 설명하고 있었다.

"우리 고모부 회사는 지난날 아주 잘나가던 회사였다. 그런데 불경기가 지속되니 잘나가던 회사도 별수가 없는 모양이다. 지금은 아주 어려운 모양이다. 더군다나 우리 사옥은 건평이 육만 평이나 되잖아? 건축비만 육천억이 드는데, 어떻게 그냥 넘어 갈수가 있겠어?"

"나로서는 누가하든 제대로만 지어주면 되는 일이다. 네 고모부라도 괜찮아."

"요즈음은 내가 집에 들어가기도 무섭다. 우리 고모는 아주 우리 집에 와서 살다시피 하고 있다. 나도 이러고 싶지는 않으나 어떻게 하냐? 집안끼리 서로 돕고 살아야지."

형진이는 씁쓸하게 웃었다.

며칠 전 자신도 누나 때문에 제약회사 박 사장에게 무리한 청을 하지 않았던가?

그런데 진수의 사정은 자신보다 더 심한 모양이다. 그렇지만 몇 가지는 반드시 짚고 넘어가야 했다.

"진수야. 너네 고모부에게 맡기면 건물을 짓다가 문제가 발생해도 따지기가 좀 난처하지 않겠어?"

"그런 문제는 생기지 않을 것이다. 우리 고모부가 성격이 칼 같은 분이거든. 절대로 자기 명예를 떨어트릴 일은 하지 않을 분이시다."

"그런데 네 고모부의 회사는 러시아 회사와 함께 석유 사업을 하잖아? 뭐 그때는 막대한 돈이 생긴다고 하더니……?"

"나도 큰돈이 나올 줄 알았는데, 그게 막상 그렇지도 않은 모양이다. 그러나 석유 때문에 적자는 면하고 있는 것 같아. 그런데 건설 쪽은 영 말이 아닌가봐. 요새는 중동 쪽도 건설수주가 전혀 없고, 국내 건설도 형편이 없고 그러니 나한테 매달리는 게 아니겠냐."

형진은 텁텁한 입맛을 다시며 말했다.

"그럼 네 고모부와 잘 의논해서 건축비를 합리적으로 결정해라."

진수가 고마운 표정으로 대답했다.

"하여간 고맙다. 사실 나도 이런 일은 좋아하지 않는데, 참! 사람 사는 게 정말 어렵다."

형진이는 또다시 씁쓸한 미소를 지으며 말했다.

"이제 투명금속 공장도 지어야 하잖아?"

"그러잖아도 곧 착수할 생각이다."

"그런데 그 공장은 어느 건설회사에 맡길 것인데……?"

형진은 이미 생각한 바가 있어서 진수에게 묻는 것이다.

그러나 진수는 당연하다는 듯 말했다.

"그거야 당연히 M건설회사에 맡겨야지."

형진이 은은한 눈빛으로 진수를 바라봤다.

"아니! 그것도 네 고모부 회사에 맡길 것이다?"

"어어! 정말이냐? 하하, 고맙다. 역시 친구가 좋진 좋구나."

한동안 기쁨을 감추지 못하던 진수가 다시 말을 늘어놓았다.

"그런데 오해는 하지 마라. 투명금속 공장은 아주 고도의 기술을 요하는 건축이다. 그런 일을 맡아 시공할 만한 건축회사는 우리나라에 몇 개 없다. 우리 고모부 회사는 창업한지 오십 년이 넘는 회사야. 이런 정교한 건축은 아주 잘 맡아서 하고 있어. 더군다나 제철공장도 몇 번 지어본 경험이 있는 회사야. 그러니 마음 놓고 우리공장의 건축을 맡길 수 있어."

형진이가 인상을 팍 쓰면서 말했다.

"뭐야! 인마. 밀어주는 김에 확실하게 팍팍 밀어주겠다는 것이다. 너 인마, 그 공사가 얼마 짜리인줄 알고서 하는 말이냐?"

형진의 말을 듣자 진수가 멋쩍은 듯 환하게 웃었다.

"야~ 야! 내 입장도 좀 생각해줘라. 인마, 다 같이 먹고 살자고 달려드는데 난들 어떻게 하냐? 그리고 M건설회사는 정말 실력 있는 회사야. 그 대신 내가 건축비는 알아서 싸게 할게."

"야 인마, 우리 회사 건물은 몽땅 너희 고모부회사에서 짓지 않았어? 하다 못해 주차장까지."

"아! 그러니까 지금까지 아무런 문제도 생기지 않았잖아? 그 회사가 건축 하나는 끝내준다고."

"앞으로 지을 공장이 십조도 넘을 터인데, 이것을 입찰도 하지 않고 너희 고모부에게 준단 말이다."

"괜히 입찰하여 싼 맛에 일을 맡겼다가 낭패를 보는 것보다는 믿을 수 있는 회사에 맡기는 게 더 확실한 것이다. 공장을 가동하다가 중단해봐라. 그 손해가 얼마냐? 차라리 믿을 수 있는 확실한 곳에 맡기는 것이 오히려 비용도 절감되고 안전한 것이다."

형진이는 입찰로 결정하는 것과 그냥 맡기는 것과는 건축비에 있어서 상당한 차이가 있을 것이라고 생각했다.

그러나 진수가 있기 때문에 고모부 회사에 맡기더라도 진수가 알아서 잘 조정할 것이라고 생각을 했다. 더군다나 고모부 회사의 주식을 사들여서 엄청난 이익을 보았기 때문에 형진은 그 회사가 남 같지 생각되지 않았기 때문이기

도 했다.

"어쨌든 너네 고모부 회사에 맡기는 것으로 해라. 그리고 혹시 부실공사가 발생할지도 모르니까 감리는 철저하게 해야 된다. 알았지?"

"그래, 알았다. 그 부분은 내가 철저하게 할게."

잠시 두 사람의 대화가 끊겼다가 형진이 먼저 입을 열었다.

"그런데 투명금속을 발명한 유 박사에게 사례를 해야 하잖아?"

"글쎄. 나도 그 문제를 생각해 보았는데 어떻게 해야 할지 잘 모르겠다. 네 생각은 어때?"

"지난날 경호에게 전지특허를 사 들일 때 70억을 주지 않았어. 이번에도 거기에 맞추어서 주면 되지 않겠냐?"

"너무 적은 게 아닐까……?"

"그렇지는 않지. 경호는 자기 돈으로 연구를 하여 성공한 것이고, 유 박사는 우리 회사 돈으로 연구한 것이니 경우가 다르지."

그렇지만 형진은 투명금속의 가치를 훨씬 더 높게 보고 있었다.

"그렇긴 한데… 전지보다야 투명금속 쪽이 더 낮은 것 아니냐?"

"그거나 미리 예측할 수가 없지. 그러나 네 생각이 그렇

다면 이번에도 70억을 주기로 하자. 그리고 유 박사에게
도 주식을 0.5% 정도를 주면 될 것이다."

"그럼 그렇게 하자. 그런데 전지는 일곱 사람이 연구한
것이 아니야? 그러나 투명금속은 대부분 유 박사가 연구
한 것이니 경우가 다르잖아?"

"그런 것까지 우리가 걱정할게 무엇이냐? 돈을 유 박사
에게 주면 유 박사가 알아서 연구원들과 분배하도록 하면
될 것 아니야."

"글쎄, 그렇게 해도 될까?"

형진이 보기엔 그것이 가장 현명한 방법이었다.

"우리가 개입하면 괜히 잡음만 생겨. 내가 유 박사를 불
러 조용히 돈을 건넬 터이니, 나머지는 유 박사가 알아서
하게 하자고."

"그럼 그렇게 해."

며칠이지나자 회장실로 민 전무가 들어왔다.

형진이는 방금 안산공장의 기공식에 다녀왔다.

그는 피곤한 몸을 소파에 기대 놓으며 비서가 차를 가져
오기를 기다리는데, 민 전무가 들어온 것이다.

형진은 바로 앉으며 민 전무에게 자리에 앉기를 권했다.
민 전무는 자리에 앉으며 말했다.

"기공식은 잘 진행되었습니까?"

"네, 순조롭게 잘 진행 되었습니다. 그런데 우리가 그곳에 전시해 놓은 투명금속을 보고 많은 사람들이 놀라더군요."

그때를 생각하자 형진은 자신도 모르게 볼이 발갛게 상기되었다.

"처음 그것을 보는 사람은 매우 신기하게 생각할 것입니다. 저도 처음 그 금속을 보았을 때엔 매우 신기하게 생각했었으니까요. 무게가 알루미늄 보다 훨씬 가벼운데 강철보다 더 단단하니 놀라지 않을 수가 없지요. 또 경도도 유리보다 단단하여 유리대용으로 써도 훌륭한 건축 자재가될 것입니다. 그런데 가격이 얼마나 될 것인가가 문제인 것 같습니다."

"하하, 그 금속의 용도야 무궁 무진 하지요. 그리고 가능한 가격을 싸게 할 것입니다. 그래야 각종 산업에 널리 쓰일 것이 아닙니까?"

민 전무도 투명금속을 처음 접한 사람들의 반응에 잔뜩 고무되어 있었다.

"지금 회사 사원들 모두가 투명금속에 관심이 무척 많습니다. 사원들은 어쩌면 우리 전지보다 투명금속이 더 매출이 많게 될 것이라고들 말하고 있습니다."

"나도 그렇게 기대는 하고 있으나, 상품이란 만들어 시장에 내 놓아 보아야만 압니다."

"회장님, 올해 반기 실적이 나왔습니다."

"아! 그렇습니까? 매출이 얼마나 됩니까?"

"6월말까지의 매출이 12조가 조금 넘습니다. 작년보다 30%가 늘어난 금액입니다."

형진이는 빙그레 웃으며 답했다.

"매년 매출이 100%이상 늘어났는데, 이제는 정말 한계에 다다른 모양입니다."

"그래도 매출이 30%늘어났다는 것은 대단한 것입니다. 벌써 세계적인 불경기가 십 년 이상이나 지속되었는데, 우리 회사만 매년 매출이 큰 폭으로 늘어났습니다."

그러나 형진은 아직은 만족할 수 없었다.

"주문형 전지의 수효는 꾸준히 늘어나고 있습니까?"

"예, 그렇습니다. 핸드폰과 노트북쪽은 이미 한계에 다다랐습니다. 다만 자동차용 전지와 세계 각국 도시에서 사가는 대형전지 수효가 늘어나고 있습니다. 그리고 발전소에서도 우리전지를 구입해 가기 시작했습니다."

"발전소에서는 우리 전지를 무엇에 쓴답니까?"

"우리 대형전지를 가져다 놓으면 쓰고 남은전기를 저장할 수가 있습니다. 또 갑자기 전기수효가 급증할 때 전기를 뽑아 쓸 수가 있습니다. 우리 전지를 가져다 놓으면 여러 가지 이점이 있어서 발전소에서 눈독을 들이고 있는 것입니다. 아직 수효가 미미하지만 곧 그 수효가 크게 늘어

날 것입니다."

민 전무의 분석이 타당하다고 생각되었다.

뭐든 장점이 있고 반드시 필요한 물건이라면 수요가 일어날 수밖에 없는 것이 시장경제의 한 논리라고 생각하고 있는 형진이었다.

"그렇게만 되면 얼마나 좋겠습니까? 그런데 공장은 넉넉합니까?"

"지금 자동차용 전지 생산 공장과, 주문형 전지 생산 공장이 부족하여 이부제로 운영하고 있습니다."

"빨리 공장이 완공 되어야 할 터인데……."

형진은 항상 그 부분이 걱정되었다.

그러고 보니 사업을 시작하고 그동안 공장 증설을 한시도 쉬지 않고 해온 것 같았다.

"9월 달이면 공장건물이 완공될 것입니다. 그럼 연말까지 공장시설을 끝낼 수 있습니다. 그럼 내년부터는 정상가동에 들어갈 수 있습니다."

"전지공장은 지금 짓고 있는 아파트형 공장이 완공되면 충분할 것 같은데, 전지 판로를 더 개척해야 하지 않겠습니까?"

"홍보부에서 노력하고 있으니 조만간 가시적인 성과가 나올 것입니다."

"본사 사옥의 건축이 시작되었다는데, 언제나 완공될 수 있겠습니까?"

형진은 모든 업무를 총괄하다시피 하고 있는 민 전무와의 면담을 통해 모든 궁금한 것들을 물어보고 지시사항을 전달하고 있는 중이었다.

"2018년 말에 완공됩니다."

"지금 우리 회사 사원이 모두 얼마나 됩니까?"

"공장에서 일하는 근로자가 만 사천 오백 명이고, 본사에서 일하는 사무원이 팔백 사십 명입니다. 그런데 투명금속 쪽에 사원수가 급격하게 늘어나니, 지금 본사 건물로서는 전 인원을 수용할 수가 없습니다. 그래서 지금 임시 사옥으로 쓸 건물을 물색 중입니다."

"나도 서 사장에게 들었습니다. 아무래도 투명금속 쪽의 사원은 새로 얻을 사옥으로 옮겨가야 할 것입니다."

"본사 사옥을 일 년 쯤 전에 신축했어야 했는데, 아무래도 너무 늦은 것 같습니다."

그렇지만 형진으로서도 어쩔 수 없는 부분이었다.

"사옥을 지을 땅을 매입하는 것이 쉽지가 않았습니다."

"사옥이 완공되면 볼 만할 것입니다."

전무가 나가자 형진 이는 생각에 잠긴다.

지금 이 상태로 나간다면 올 매출은 이십오조 정도가 될 것이다. 그런데 그 매출이 정점일 가능성이 높다. 형진이

는 이점을 걱정하고 있었다.

형진은 요즈음 머리를 너무 혹사시켜서 만성 피로증에 시달리고 있었다.

그는 차디차게 식은 차를 마시면서 투명금속에 대한 생각을 이어갔다.

형진이가 투명금속을 생각하며 꿈에 부풀어 있는데, 비서가 들어와 말했다.

"회장님, 해군에서 참모총장님이 직접 찾아오셨는데요?"

형진의 두 눈에 의아함이 가득했다.

"총장님께서 날 찾아왔단 말입니까?"

"예."

"그럼 얼른 모시고 오세요."

형진의 말이 끝나자마자 사복을 입은 신사 한사람과 대령 한사람이 들어왔다. 형진이가 문 앞으로 나가 반갑게 맞이했다.

"총장님, 어서 오십시오."

"갑자기 찾아와서 결례가 되었습니다."

형진이는 두 사람을 응접테이블로 안내했다.

세 사람이 자리를 잡고 앉자 대령이 먼저 입을 열었다.

"작년에 한번 이 회사에 다녀간 적이 있었습니다."

"아! 그렇습니까? 저도 이야기는 전해 들었습니다."

"작년에 구입하려다 만 전지를 구입하려고 왔습니다."

상대방이 바로 본론으로 들어오자 형진 또한 쓸데없는 말들로 시간을 낭비하지 않고 바로 본론으로 치고 들어갔다.

"원하시는 전지의 용량은 구체적으로 어떤 것들입니까?"

"우리 해군에서 원하는 것은 일천만 KW 전지 31개입니다."

"제가 알기로는 작년에 일천만 KW 전지 11개를 구입하려 하신 것 같던데요?"

"예. 그렇습니다. 그런데 그 당시 상담에 응하신 분이 그 전지를 원활하게 사용하려면 일억KW 전지가 필요하다고 해서 돌아갔었습니다."

형진은 진수로부터 보고를 받아 이미 알고 있던 내용이었다.

"그럼 전지를 언제까지 납품하면 되겠습니까?"

이제까지 침착하게 대응하던 대령이 조금 곤란한 표정을 지으면서 참모총장을 힐끗 바라봤다.

"그보다 먼저 전지 31개를 구입하려면 비용이 얼마나 들어야 하겠습니까?"

형진이 잠시 계산을 하고 나서 대답을 했다.

"삼천 백억 원을 가지면 됩니다."

대령은 형진이를 쳐다보며 다소 난처한 표정으로 말했다.

"사실 우리 해군의 사정이 요즘 많이 어렵습니다. 전지 구입을 위하여 국회에 요청하였으나, 이천억 밖에 통과되지 못하였습니다."

형진이 살며시 참모총장을 바라봤다. 참모총장은 무표정으로 일관하고 있었다.

대령의 말이 계속 이어졌다.

"그러나 우리 해군에서는 신형 잠수함이 꼭 필요한 실정입니다. 이 전지 10개는 신형 잠수함을 만드는데 쓸 것입니다. 그래서 우리 총장님께서 직접 귀사를 방문한 것입니다."

대령의 말인즉, 이천억에 전지 31개를 달라는 것이다.

형진이는 해군에 대하여 다소 실망감을 느꼈다.

대한민국 해군이 이토록 가난하단 말인가?

겨우 삼천 백억이면 구입할 수 있는 것을 깎아달라고 하냐!

더군다나 해군참모총장이 직접 찾아와서……?

또 한편으로는 국회에 대해서도 작은 불만이 생겼다.

대양해군을 표방하는 해군에게 넉넉한 예산을 집행해 줄 수 없단 말인가?

형진이의 생각엔 우리나라가 가난하여서 이러는 것 같지

는 않았다. 그렇다면 국회가 국방에 대하여 몰지각하거나 너무 인색한 것이 아닌가?

형진이는 잠시 생각해봤다.

사실 천억을 깎아주어도 남는 장사였다. 그러나 이런 식으로 장사를 하고 싶지는 않았다.

그런데 국방에 대한 것을 꼭 기업의 이윤과 연관시켜야 하는가 하고 생각했다.

자신이 천억 덜 벌고, 한국 해군이 강해질 수 있다면 충분히 양보할 수도 있지 않은가?

더군다나 참모총장까지 직접 왔으니 그분의 얼굴을 좀 세워 주어야 하지 않겠는가?

형진은 이런 생각을 하고는 마침내 천천히 입을 열었다.

"좋습니다. 총장님께서 직접 오셨으니 이 천억에 전지 31개를 만들어 드리지요."

형진이가 말을 하자, 비로소 총장이 입을 열면서 손을 내밀었다.

"참으로 감사합니다. 덕분에 우리 해군의 전력증강에 큰 도움이 될 것입니다."

신형 레이저포의 개발

해군 참모총장이 돌아가자 형진은 기분이 좋아 서성거리고 있었다.

얼마 안 되는 것이긴 하지만, 자기가 우리 해군의 발전에 일조를 했다고 생각하니 기분이 좋았다.

그가 왔다 갔다 하는데 진수가 들어왔다.

형진이는 진수를 보자 먼저 입을 열었다.

"하는 일은 잘 되고 있는 거냐?"

"아니, 그보다 해군 참모총장이 직접 다녀갔다며?"

형진의 입가에 애매한 미소가 떠올랐다.

"그래, 조금 전에 돌아갔지."

"전지 때문에 다녀간 것인가?"

형진이는 머리만 끄덕였다.

"뭘 어떻게 하고 간 것이냐?"

"작년에 사가려던 전지를 31개나 주문하고 갔어."

"31개라고? 그럼 삼천 백억 원어치인데… 단순히 이런 일 때문에 총장이 직접 다녀간 것이냐?"

"국회에서 예산이 덜 나왔단다. 그래서 좀 깎아 달라고 온 것이다."

"아! 그래… 그래서 어떻게 했는데?"

"뭘 어떻게 해? 참모총장이 직접 왔으니 그분 체면을 세워 주었지."

진수는 형진이 어쩔 수 없는 상황이라서 적당히 조절해 주었을 것이라 생각을 하고 물었다.

"그래, 얼마나 깎아 준 것이냐?"

형진의 얼굴에 장난기와 실제 곤란하다는 표정이 떠올랐다.

"어! 그것은 극비인데……."

진수의 목소리가 올라갔다.

"장난 하지 말고… 참모총장이 왔다고 감격해서 덜컥 깎아 준 것 아니야?"

진수 말을 들은 형진이가 열 받아 퉁명스럽게 내 뱉는다.

"그래, 감격해서 천백억 원이나 깎아 주었다. 왜 떫으냐?"

"허! 나 참! 아니, 지금 그것을 장사라고 하고 있는 거냐? 세상에 어느 기업이 해군이 달란다고 너처럼 기분 좋게 팡팡 깎아 주냐? 인마, 장사꾼이면 장사꾼다워야지. 그렇게 물러 터져서 어떻게 기업을 운영하냐?"

형진이는 뒷머리를 긁적거리며 대답했다.

"내가 잠시 애국심이란 것에 홀린 모양이다. 다음부터는 조심할게."

사실 형진은 매일 돈, 돈 하면서 막상 자신이 이런 일을 벌려놓고 나니 진수에게 미안했다.

"뭐야 다음부터? 아니. 해군에서 또 우리 기업에 올 일이 있겠어?"

"하하, 이번만은 그냥 넘어가자. 거 자식, 사람 되게 못 살게 구네."

진수가 한동안 형진을 노려보다가 무겁게 입을 열었다.

"알았어. 다음부터는 조심해."

"그래, 그런데 안산 공장은 잘 되어 가는 거냐?"

"설비공장은 공사를 시작했어. 그런데 투명금속을 만드는 블랙홀이 문제인데… 그 설계가 두 가지이거든."

"나도 들었어. 처음엔 하루 생산 오백 톤짜리 블랙홀을 설계했는데, 내가 너무 작다고 하루 생산 천 톤짜리를 설계하라고 했다."

"그래서 말인데, 어느 쪽으로 공장을 세울 것이냐?"

"천 톤짜리로 세우도록 하자."

진수는 고개를 갸웃거렸다.

"처음부터 막대한 돈을 들여서 세운단 말인가? 작은 공장을 세워보고 문제가 없으면 큰 공장을 세우는 게 어때?"

물론 진수의 제안이 안전한 방법이었다.

"나도 유 박사와 기술자들을 만나보았다. 그들의 말로는 소소한 문제는 몰라도 큰일은 일어날 일이 없다 하더군. 그렇다면 큰 공장을 세우는 게 낫잖아? 하루 생산 오백 톤짜리 공장은 구천 칠백억 이나 들고, 하루 생산 천 톤짜리는 일조 육천억 이 드니 큰 공장으로 세우자고."

"그런데 공장이 뜻대로 잘 돌아가지 않으면 큰 손해가 나는데……?"

"그래 보았자 공장 하나에 칠천억 밖에 더 손해 봐?"

둘의 말다툼이 다시 시작되었다.

"뭐라고… 겨우 칠천억이라고… 네가 대범해진 것이냐, 아니면 간땡이가 부어터진 것이냐? 칠천억을 사람들에게 일억씩 나눠준다면 칠천 명의 인생이 달라진다. 아니 그것이 얼마나 큰돈인데 그렇게 쉽게 말을 하냐? 더군다나 공장이 세 개이니 잘못하면 사조 팔천억이 날아간다. 이와 같은 사실을 알고나 있냐?"

"무슨 소리야? 너는 하나는 알아도 둘을 모르는 맹꽁이 같은 놈이다. 그 공장을 세우려면 어차피 다소간의 모험은

피할 수가 없다."

형진도 열을 올려가면서 자신의 논리를 펼치기 시작했다.

"만약 그 공장이 성공한다면 우리나라에 막대한 이익을 가져 올 것이 분명하다. 대장부가 이왕 모험을 해야 한다면 할 것이지, 잣대를 들고 이리 재고 저리 재서 어쩌자는 것이냐. 두려워 말고 그냥 해라. 모든 것은 내가 책임진다."

형진이 말을 들은 진수는 피씩 웃었다.

"참 대단한 사람이다. 무엇이 너를 그렇게 대담하게 하였냐? 좋다, 네가 원한다면 그렇게 하지."

시간은 총알같이 지나가 어느새 2017년 1월이 되었다.

형진이가 자기 사무실인 회장실에서 결산을 기다리고 있는데, 새로 전지회사 사장으로 취임한 민 사장과 진수가 들어왔다.

세 사람이 소파에 가서 앉으니 여비서가 차를 가지고 들어왔다.

형진이는 따끈따끈한 녹차를 늘며 사장이 보고하기를 기다렸다. 사장은 서류를 형진이 앞으로 내밀면서 말했다.

"작년에 매출액은 총 26조 일 천억입니다. 그래도 재작년에 비하여 매출이 30%가 넘었습니다. 매출이 이정도 늘어난 것은 자동차용 전지와 맞춤형 전지가 많이 나가서 입니다."

"사원 모두들 수고가 많았습니다. 그런데 올해는 매출이 어떨 것 같습니까?"

"영업부에서는 올해 매출이 작년에 비해 10%를 조금 넘어설 것이라 합니다."

형진이는 머리를 끄덕이며 중얼거리듯 말했다.

"역시 전지의 매출은 한계에 다다른 것인가?"

이 말을 들은 진수가 말했다.

"요즈음 후레쉬, 헤드랜턴, 캠핑랜턴, 노점용 랜턴 등이 많이 팔려나가니 매출은 좀 늘어 날것이다. 그러나 이제부터는 큰 폭으로 매출이 늘기는 어려울 것이다."

그러면서 진수는 형진에게 다짐을 받듯 말했다.

"이제부터는 공성에 힘쓸 일이 아니고, 수성에 힘을 쓸 일이다. 연구소의 말로는 전지의 효율을 51%에서 70%로 높일 수 있다니, 우리 회사는 기술력에 있어서 점점 탄탄해지고 있는 것이다. 그러므로 이제부터 회장은 투명금속에 모든 힘을 쏟아야 할 것이다."

"참! 공장 건축은 잘 진척되고 있는 것이냐?"

"이미 공장 건물은 완성되어 지금 기계들을 설치 중이다."

"예상대로 올 6월이면 공장 가동이 가능 할까?"

두 사람의 대화에서는 사업의 흐름과 준비과정 등이 오고갔다.

"지금처럼 순조로우면 올 6월 말에 공장을 가동할 수 있을 것이다."

"그런데 지금 실험실에서 투명금속을 뽑고 있다면서……?"

"육십 여명의 직원이 매일 투명금속 오십 톤씩 생산하고 있다. 그들은 공장이 세워지기 전에 기술을 습득하기 위하여 열심히 일하고 있지. 공장이 세워져도 그 사람들로 인하여 공장을 가동하는데 별 문제가 없을 것이다."

"그거 참 잘 생각해서 하는 일이구만. 그러잖아도 공장이 세워지면 기술자도 없는데 어떻게 하나 걱정을 많이 했었는데……."

그렇지만 진수는 형진과는 다른 것을 걱정하고 있었다.

"기술자 문제는 어느 정도 해결되었는데, 지금까지 생산된 투명금속이 오천 톤이 넘는단다. 그런데 그것을 제철소에 보내어 자동차용 투명강판과 건물 유리창용 후판과 항공기용 투명강판을 만들어 세계 각국의 기업들에게 견본으로 보내야 하거든. 그런데 우리가 그 투명금속을 얼마에 팔지를 아직도 결정하지 못한 것이다. 이것을 결정해야 각 기업에 견본을 보낼 것이 아닌가?"

형진이 잠시 기억을 더듬어봤다.

"영업부에서는 톤당 천만 원에 팔자고 하지 않았는가?"

진수는 머리를 흔들었다.

"우리가 투명금속을 대량생산 하며는 싫어도 제철소와 유리공장 들과 경쟁을 해야 해. 그런데 톤당 천만 원이면 너무 비싼 것 아니냐? 그것도 소규모로 생산한다면 가격이 좀 비싸도 문제가 안 되지만, 우리처럼 대량 생산한다면 충분히 문제가 될 수 있어?"

이번엔 형진이가 머리를 흔들었다.

"지금 철 후판이 톤당 120만 원이다. 그런데 우리 투명금속은 비중이 1.1밖에 안 되거든. 그러니 철에 비하여 무게가 육분의 일 밖에 안 된다고. 다시 말해 투명금속 한 톤의 부피는 철 육 톤의 부피와 같아. 그러니 실제로 투명금속의 값은 철 보다 40% 정도 밖에 안 비싼 것이다."

피부로 느끼기에 비싸다는 진수의 의견에 향진이 조목조목 예를 들어가면서 반론을 펼치고 있었다.

"투명금속은 철보다 장력과 퍼짐성과 강도와 탄성이 더 강하니, 사실 자동차용 철판과는 비교가 안 되게 좋거든. 거기에다 가볍고 녹도 안 슬고 더 단단하고 더 질기거든. 그러니 40% 정도 비싼 것은 문제가 안 돼."

진수는 형진의 말을 들으면서 조금씩 고개를 끄덕이기 시작했다.

"또 일반인이 흔히 타는 중형차의 무게를 400kg 이상 줄

일 수 있어서 연비를 크게 높일 수 있거든. 그 이외에도 좋은 점이 대단히 많아 철이나 유리보다는 월등히 뛰어난 경쟁력을 가질 수 있거든. 그런데 우리가 독점을 하면서 굳이 상품 값을 너무 싸게 할 필요가 있겠냐?"

그러나 형진의 말이 끝나자, 진수는 다시 머리를 흔들었다.

"이왕이면 세계의 유리시장과 자동차 시장을 아예 독점을 해야만 해. 그렇게 해야만 막대한 투명금속을 팔수가 있어. 우리가 작전만 잘 세우면 일 년에 일억 톤 이상은 팔수가 있을 것이다. 만약 그렇게만 된다면 우리 회사 하나만 가져도 우리나라 국민을 다 먹여 살릴 수 있을 수도 있다. 그런데 왜 꼭 그렇게 비싸게만 팔아?"

형진이 가만히 미소를 지어보였다.

"그래 네 말에도 일리는 있다. 그러나 당장 우리가 그처럼 막대한 물량을 생산할 수 있는 것은 아니다. 그러니 우선 톤당 천만 원씩은 받기로 하자. 그리고 나중에 대량생산을 하게 되면 그때 다시 가격을 조종해도 된다."

진수는 한동안 생각하더니 머리를 끄덕였다.

어차피 형진의 말이 충분한 타당성이 있었기에 더 이상 형진의 주장을 반대할 수가 없었다.

"좋아, 그렇다면 톤당 천만 원으로 하지."

그러자 형진이는 다시 말했다.

"우리 투명금속을 꼭 제품으로 만들어 팔 것이 아니라, 투명금속으로 팔아서 다른 회사에서 알아서 가공을 하여 팔도록 하자고."

"그것도 좋은 생각인데. 그런데 블랙홀에서 나온 유리알 같은 투명금속을 얼마에 팔아야 하나?"

"그거야 한 구백만원에 팔아도 되지 않을까? 거기에 대해선 우리가 나중에 다시 상의를 해 보자고."

형진이는 민 사장을 쳐다보며 말했다.

"제6아파트형 공장건물이 완성되었는데, 그곳에 어떤 공장을 짓기로 했습니까?"

"그곳에는 자동차용 전지공장 3개와 주문형 전지공장 3개를 지금 시설하고 있습니다. 다음 달엔 시설이 끝나 공장을 가동하기 시작할 것입니다. 그러면 지금까지 이부제로 운용하던 자동차용 전지와 주문형 전지가 정상화 될 것입니다. 그리고 남는 네 개의 공장은 차차 봐가면서 시설을 할 것입니다."

이번에 완공한 아파트형 공장은 기존 아파트형 공장과 달리 10층으로 지어졌다. 덕분에 항상 공장이 모자라 이부제로 운용하던 것이 이제 모두 정상가동하게 된 것이다.

형진이는 머리를 끄덕이며 만족해했다.

이제부터는 주문이 밀려서 공장을 이부제로 운용해야 할 일이 좀처럼 생기지 않을 것이다.

이야기가 대충 끝나자 민사장이 입을 열었다.

"곧 명절이 다가오는데 이번에는 직원들 떡값을 어떻게 할까요?"

그러자 진수가 먼저 입을 열었다.

"이봐, 회장. 그 떡값 말이야. 매번 월급의 300%씩 주었는데, 이거 잘못하면 괜히 사원들 버릇만 나빠지는 것 아니야? 내가 들으니 사원들 모두 이번에도 300%를 줄 것으로 생각하고 있던데… 뭐 주는 것이 나쁘지는 않지만 계속 이렇게 주면 당연한 것처럼 생각하지 않을까 걱정이 된다."

진수의 지적은 전혀 틀린 것이 아니었다.

그렇지만 형진은 여유로운 미소와 함께 대답을 했다.

"뭐 이유야 어떻든, 그들이 다 열심히 일을 해서 회사에 매출이 늘어났고 이익도 많이 남겼으니 다 같이 나누워 먹어야지. 이번에도 300%를 주기로 하자고."

형진의 말을 들은 진수가 형진이를 빤히 쳐다보며 말했다.

"뭐 지금은 그렇다고 치자고. 그러나 투명금속이 나오면 매출이나 이익이 지금보다 훨씬 늘어날 수도 있을 터인데, 그때는 어떻게 할 터인가?"

"아니! 그게 무슨 문제야. 그때는 보너스를 한 500% 정도로 주면 될 것 아닌가? 나는 말이다. 내 밑에 와서 일하는 사람들이 다 부자가 되어 잘 살았으면 해. 그래야 우리 나라에 부자들이 많이 늘어날 것이 아닌가?"

형진은 실제로도 그렇게 생각하고 있었다.

앞으로 자신이 더 많은 돈을 벌어들여서 월급과 상여금 등을 더 많이 주면 될 것이 아닌가?

"하하, 임 회장이 그렇게 생각한다면 할 말 없고. 그런데 이번에는 임금을 안 올려줄 생각인가?"

"매년 임금을 20%씩 올려주지 않았는가? 그런데 지금 우리 회사와 다른 대기업과 임금차가 어떠하지?"

이때, 민 사장이 나서서 대답했다.

"우리 회사에서 5년 근무한 근로자가 연봉이 오천 이백 만 원 정도 합니다. 그리고 다른 대기업도 이 정도가 됩니다. 이제 우리 회사도 다른 대기업의 월급에 있어서 전혀 뒤지지 않습니다."

형진이는 진수의 얼굴을 바라봤다.

그러자 진수가 귀찮은 듯 인상을 찡그리며 말했다.

"이 친구야, 왜 나를 쳐다보는 것이냐?"

"그러지 말고 네 솔직한 생각을 말해봐."

"회사의 회장이 너니까 네가 알아서 결정을 해야지?"

"아니! 왜 갑자기 비틀어졌어. 그러지 말고 말해 봐라?"

그러자 진수가 다시 짜증을 냈다.

"이봐. 자네는 이미 임금을 얼마나 올려줄지 마음속으로

결정해 놓고 있잖아? 그런데 왜 나에게 묻는 거냐?"

"응! 아니, 그게 무슨 소리야? 난 아무런 생각도 해본 적이 없다고. 임금 문제도 자네가 먼저 꺼낸 것이 아니야? 그러니 자네 생각을 어서 말해보라고."

"알았어. 올해는 건너뛰던가, 아니면 5% 인상을 하자고."

형진이 진수의 말에 놀란 표정을 지었다.

"건너뛰자니? 월급을 지금 수준으로 동결하자는 말인가?"

"그래, 우리는 사실 너무 급히 달려왔어. 매년 임금을 20%씩 올려 준다는 것이 말이나 되냐? 그러니 올해는 한 번쯤 쉬어가는 것도 괜찮은 일이다."

형진이는 잠시 생각하다가 말했다.

"그래도 모두들 월급이 오르기를 눈이 빠지게 기다릴 터인데, 맨 입으로 그냥 지나가면 서운하지 않겠어? 회사 사정도 날로 좋아지는데 올해까지만 얼마간 올려주는 것이 좋지 않겠어?"

"글쎄… 하여튼 네가 알아서 하라고."

진수가 하도 냉랭하게 구니 형진이는 진수 눈치를 살피다가 다시 말했다.

"그럼 올해는 임금을 5%만 올려주기로 하자."

"그럼 그렇게 해."

진수는 모든 것을 형진이 마음대로 결정하자 화가 났다.

그러나 형진이는 진수가 왜 배배 뒤틀려 있는지를 알지 못하였다. 다만 오늘 기분이 좋지 않은가 보다고만 생각했다.

형진이는 두 사람이 나가자 TV를 켜고 뉴스를 듣는다.

그는 요즘 머리를 많이 써서 머리가 무겁고 몸이 피곤하였다. 그는 소파에 푹 기대어 TV를 보고 있었다.

이때 뉴스에서는 L석유회사에 대하여 말하고 있었다.

L석유회사는 올 일월부터 서해에서 석유를 생산 한단다. 연초에는 하루에 20만 배럴씩 생산하지만, 연말까지 하루에 60만 배럴을 생산하게 될 것이란다.

이 뉴스를 듣자 형진은 올해는 재계의 판도가 바뀌겠구나 하고 생각했다.

그리고 이제부터 연료로 인하여 외화 낭비가 줄어들겠구나 하고 생각했다.

남의 회사 이야기지만, 한국을 위해서는 매우 고무적인 일이었다. 석유와 가스로 인하여 매년 외화를 이천억 달러나 소비하는 한국에게는 매우 반가운 소식이었다.

곧이어 군 전투력 증강계획이 발표되었다.

올해부터 시작하여 삼년간 십오조를 들여 군 전투력을 증강하겠다는 것이다.

이 계획에서 해군은 3000톤 이상의 구축함 3척에, 4500톤 이상의 구축함 2척과, 7000톤 이상의 이지스함 1척을 건조한다는 것이다.

또 공군은 F-35A 스텔스기 30대를 더 구입한다는 것이다.

그동안 한국은 미국에서 F-35A 30대를 구입한 바가 있었다.

형진이는 뉴스를 듣고 중얼 거렸다.

"정치인이 중국에게 한방 맞더니 이제야 조금 정신을 차린 모양이구나."

중국군함 푸조우 함과 정기룡 함이 충돌한 후 중국에서는 시추선을 철수하였다.

그러나 그것은 국제 정세가 시끄러워서 임시로 철수한 것이지, 이어도의 석유를 포기한 것은 결코 아닐 것이다.

아마 한국 정부도 석유문제로 중국과 분쟁이 있을 것으로 보고 국방력을 강화시키는 것일 것이다.

6월 달이 되자 진수가 찾아왔다.

형진이는 진수를 보자 반갑게 맞는다. 진수는 소파에 앉자 먼저 입을 열었다.

"실험실에서 만든 투명금속을 제철소로 보내어 여러 종

류의 후판과 자동차용 철판을 생산했다. 우리는 이것을 큰 건설회사와 자동차회사, 항공회사 등에 견본으로 보낼 예정이다."

그는 말을 하면서 봉투에서 여러 종류의 투명금속판을 꺼내어 놓았다.

그중에는 여러 가지 색깔의 투명금속도 있었다. 진수는 그중 하나를 들고 말했다.

"이것은 티타늄 화합물로 만든 것인데, 고강도 강철보다도 더 강하고 탄성도 뛰어난 특수 금속이다. 우리가 만들 투명금속은 그 화합물에 따라 여러 종류의 투명금속을 만들 수가 있어 앞으로 연구를 지속하면 철보다도 더 많은 종류의 다채로운 투명금속을 만들 수 있을 것이다."

형진이는 그 강하다는 투명금속을 들고 살펴봤다.

두께를 보니 1mm 정도밖에 안되는데, 손으로 휘려고 하여도 휘어지지 않았다.

손가락으로 튕겨보니 탱탱 하는 맑은 금속음이 났다. 형진이는 그 금속을 진수 앞으로 내 밀면서 물었다.

"이것이 꽤 강하긴 한 것 같은데, 이것을 무엇에다 쓰냐?"

"그거야 쓸데가 아주 많지. 우선 아주 가벼우니 방탄복에 쓸 수도 있고, 전투기나 전함, 전차를 만드는데도 얼마든지 쓸 수가 있잖아."

"이거는 값이 얼마나 나가는데?"

"하하, 그거야 우리가 부르는 게 값이 아니겠어? 유 박사님 말로는 생산비가 보통 투명금속보다 몇 배는 더 들었다고 했다."

형진이는 손에 들고 있던 투명금속을 놓으며 말했다.

"이런 특수금속은 소비되는데 한계가 있어서 돈 버는 데는 별로 도움이 안 돼. 여기 있는 여러 가지 금속을 보니 자신감이 생긴다. 이 정도면 없어서 못 팔게 될 것이다. 이것만 해도 유리창 대신 사용해도 엄청나게 팔려 나갈 것이다. 경도도 유리보다 강하니 흠집도 잘 안생기고 충격을 주어도 깨지지 않으니, 건축 재료로는 그만이 아닌가?"

형진은 내내 싱글벙글 하였다.

"또 이것은 자동차에 쓰면 좋을 것 같구나. 얇고 튼튼하여 자동차에 쓰면 자동차 무게를 크게 줄일 수 있을 뿐 아니라, 연비도 줄일 수 있겠어. 또 이것은 비행기 동체에 쓰면 가볍고 단단하여 아주 환상적인 소재가 되겠어."

"그러잖아도 우리가 짓는 본사 사옥 건물에 모든 유리창을 이것으로 사용할 예정이다. 그리고 이것들을 세계 각국에 있는 자동차회사, 항공기회사, 건설회사 등에 보낼 것이다. 그뿐만 아니라 이것은 각종 식기, 주방도구 등을 만드는데도 더없이 좋은 소재다."

형진이는 만족하여 말했다.

"그럼 이제는 공장만 완공하면 되겠군."

진수의 두 눈도 희망으로 부풀어 올랐다.

"공장만 완공되면 우리 회사는 이제 새로운 시대를 열게 될 것이다."

"공장은 예정대로 연말에 완공이 되는 것이냐?"

"지금 순조롭게 진행 중이니 연말이면 완공 될 것이다."

"지금까지 연구된 제품의 종류는 모두 몇 가지나 되냐?"

"투명금속 색상에 있어서 십여 가지가 있고, 사용목적과 강도에 따라 아홉 종류가 개발 되었다. 그러나 이십 여명의 학자가 연구하고 있으니 곧 더 많은 종류의 금속을 만들어 낼 것이다."

"그 정도면 되었어. 그리고 필요하다면 연구 인력을 더 늘려도 좋다고 유 박사에게 말해."

"알았어. 그럼 내가 유 박사에게 그렇게 전하지."

이때 레이저 연구 담당자인 권 박사가 회장실을 찾아 왔다.

권 박사를 반갑게 맞이한 다음 자리에 앉자 형진이 먼저 물었다.

"권 박사님, 어쩐 일로 오셨습니까?"

권 박사는 미소를 지으며 입을 열었다.

"그동안 제가 연구하던 레이저포가 드디어 완성되었습니다. 그래서 국방과학연구소와 함께 연구하여 레이더 표

적자동 추적기에 부착하여 발사할 수 있도록 했습니다. 그래서 6월 24일 육군 화력시험장에서 레이저포를 실험하게 되었습니다. 이날 회장님께서도 반드시 참석해주셨으면 해서 왔습니다."

형진은 진심으로 기뻐했다.

"하하, 드디어 레이저포가 완성되었군요. 그런데 레이저포의 유효 사격거리는 얼마나 됩니까?"

"대략 180km 안쪽에 있는 목표물은 한순간에 파괴할 수 있습니다."

이때 진수가 나서서 물었다.

"저… 박사님, 그 무기를 어디에다 씁니까? 그리고 그 무기를 우리 군이 가지고 있으면 전력이 좀 강화가 됩니까?"

권 박사는 싱긋이 웃었다.

"미국이 레이저 무기를 연구하기 시작한지 벌써 삼십 년이 넘었습니다. 미국이 그토록 레이저 무기를 갖기를 원하는 것은 그만한 가치가 충분히 있기 때문입니다. 쉽게 말씀 드리면 레이더에 포착되는 모든 것을 격추시키거나 파괴할 수가 있습니다."

대충 들어왔던 레이저에 대하여 담당자인 권 박사에게 직접 설명을 들으면서 진수와 형진 또한 많이 놀라고 있었다.

"군이 예를 든다면 적이 쏘는 대포알도 파괴할 수가 있습니다. 만약 우리 군이 이 무기를 충분히 갖고 잘 활용할 수만 있다면, 그 누구와 전쟁을 해도 결코 패하는 일은 없을 것입니다."

진수가 그 말을 듣고는 다시 질문했다.

"사실 우리나라에는 핵무기가 없지 않습니까? 그래서 우리나라는 핵무기를 가진 나라에게는 주눅이 들 수밖에 없습니다. 들리는 말에는 핵탄두는 너무 빨라서 막아낼 수 없다 하던데 그것으로 핵탄두를 막아 낼 수 있습니까?"

"미국에서 레이저 무기를 필사적으로 연구하는 것이 모두 그런 이유 때문입니다."

권 박사의 얼굴에는 자부심이 가득 묻어나오고 있었다.

권 박사의 말이 이어졌다.

"우리 레이저 무기만 가지면 어떤 미사일도 격파시킬 수 있습니다. 다만 이 레이저 무기를 잘 활용하려면 성능이 좋은 레이더와 표적자동추적기가 필요합니다. 그것만 갖추어 진다면 우리 군은 어느 나라도 더 이상은 두려워 할 필요가 없습니다."

이 말을 들은 형진이가 기분이 좋아서 웃더니 다시 정색을 하고 물었다.

"그 무기가 그렇게 성능이 좋다면, 다른 나라에겐 팔수가 없겠군요? 그렇다면 그것은 돈이 되지는 않겠는데요?"

이 말을 들은 진수가 화를 벌컥 냈다.

"이봐. 임 회장, 자네 언제부터 그렇게 돈벌레가 된 것이냐? 우리나라가 강국이 된다면 돈 좀 덜 벌면 어때?"

이 말을 들은 형진이가 얼굴을 붉히며 대답했다.

"아니 이 사람아. 그저 그렇다는 이야기지. 그렇다고 나를 돈 벌레라고 몰아 붙여? 참! 사람 되게 민망하게 하네."

이때 권 박사가 나섰다.

"회장님, 레이저 무기는 극비에 붙여져 다른 나라엔 팔 수 없게 될 것입니다. 그 대신 정부에다 얼마든지 반대급부를 요구할 수 있을 것입니다."

그러자 형진이가 다시 말했다.

"우리가 정부에다 요구할 것이 뭐가 있냐?"

이때 진수가 나섰다.

"투명금속을 만들려면 막대한 물이 필요한데, 정부에다 우리 공장까지 수도시설을 우선적으로 시설해 달라면 되잖아?"

형진이는 머리를 끄덕이더니 다시 권 박사에게 물었다.

"미국에서 개발한 레이저 무기에 비하여 박사님의 레이저 무기는 성능이 어떠합니까?"

"미국의 레이저 무기는 대단히 복잡합니다. 그러나 제가 연구한 것은 대단히 단순합니다. 그리고 위력에 있어서는 미국 것 보다 대단히 우수하다고 생각하고 있습니다. 또 미국의 레이저 무기는 그 부피가 커서 설치하는데도 어려움이 많고 사용하기에도 불편합니다. 그러나 제가 연구한 것은 부피가 매우 작고 사용하기가 간편하여 그 어느 곳에도 설치할 수가 있습니다. 그리고 위력에도 상당한 차이가 있을 것입니다."

형진이는 만족하여 환하게 웃었다. 그러자 권 박사가 다시 물었다.

"회장님, 레이저포 실험에 참가하시겠습니까?"

"아! 그럼요. 당연히 참가해야지요. 우리 회사에서 만든 것인데 내가 안가면 되겠습니까? 그런데 실험에 많은 사람이 참가 합니까?"

"극비밀리에 실험하는 것이니, 얼마나 많은 사람이 오는지는 잘 모르겠습니다. 그러나 삼군 요인들은 모두 참가하는 모양입니다."

"그럼 그 실험은 참으로 볼만 하겠군요."

그러자 권 박사가 멋쩍은 웃음을 지어보이면서 말했다.

"생각하시는 것보다는 싱거울 것입니다. 레이저포라는 것이 큰 소리가 나는 것도 아니고 가서 폭발하는 것도 아닙니다. 그저 조용히 빛줄기가 쏘아져 나가는 것이니 별로 볼만한 것은 없을 것입니다."

형진이는 머리를 끄덕였다.

"그도 그렇겠군요."

답답한 대한민국

 며칠이 지난 6월 24일 형진은 자가용 헬기를 타고 동해 해안에 접해있는 육군 화력시험장에 도착 하였다.

 그가 도착하니 관람석에는 백여 명의 사람들이 모여 있었다.

 권 박사는 형진이를 보자 반갑게 맞이했다.

 "회장님, 오셨습니까? 우리 연구원들도 여기에 대부분 다 와있습니다. 그들은 지금 실험 준비에 바쁘답니다. 사실 이것은 총보다도 고장이 더 안나니 살펴볼 것도 없지만, 전부들 노파심에 살펴보고 있습니다."

 그는 말을 끝내고서 주변에 있는 사람들을 소개시켜줬다.

"이분은 육군 합창의장입니다."

형진이는 악수를 하면서 반갑게 인사를 했다.

"처음 뵙겠습니다."

"미리내의 회장님을 뵙게 되어 영광입니다."

이때 해군참모장이 다가오며 반갑게 인사를 했다.

"회장님께서도 오셨군요."

"하하, 여기서 또 뵙는 군요."

해군참모총장은 옆에 있는 장군을 소개했다.

"이분은 공군참모총장입니다."

"처음 뵙겠습니다. 미리내의 임 형진입니다."

인사가 끝나자 공군참모총장이 먼저 입을 열었다.

"레이저포를 보았더니 부피가 매우 적어서 우리 전투기에도 넉넉히 탑재를 할 수 있겠습니다. 저것이 정말 여기에 쓰여 있는 것처럼 성능이 뛰어나다면, 우리 공군과 해군은 무적의 군대가 될 것입니다."

이때 육군 참모총장이 볼멘소리를 했다.

"아니, 우리 육군은 왜 빼 놓는 것이요?"

그러자 공군참모총장이 미소 띤 얼굴로 엄한소리를 했다.

"육군이 레이저포를 가지고 있어 보았자 어디에 씁니까?"

육군참모총상은 눈을 크게 뜨고 대답했다.

"어디에 쓰다니요? 그거야 하늘 위에 앵앵거리며 날아다니는 전투기를 쏘아 떨어트리는데 쓰지요."

그 말을 들은 공군참모총장이 권 박사에게 물었다.

"정말 저것으로 전투기를 쏘아 떨어트릴 수도 있습니까?"

그러자 권 박사는 머리를 끄덕이며 대답했다.

"물론입니다. 하늘 위에 떠다니는 적 전투기가 180km 거리 안에만 들어와 있다면, 순식간에 모조리 제거할 수 있습니다. 다만 그렇게 하려면 군이 가지고 있는 표적 자동추적기가 정확해야만 합니다."

그러자 해군총장이 대답했다.

"우리의 표적 자동 추적기는 아주 정확하여 실패할 염려가 전혀 없습니다."

그 말을 들은 권 박사가 이어 대답했다.

"저 레이저포는 적 전투기와 적 미사일과 적 전차도 파괴할 수가 있습니다."

이 말을 들은 육군참모총장이 나섰다.

"전차라고요? 내가 아까 내려가서 보니 레이저포의 지름은 1cm밖에 안 되어 보이던데… 그런 것에 맞아서 전차가 과연 파괴가 되겠습니까?"

이 말을 들은 권 박사가 미소를 지으며 말했다.

"이 레이저포는 여러분이 상식적으로 알고 있는 레이저

와는 많이 다릅니다. 이 레이저 빛에는 고압의 압축에너지가 포함되어 있어 목표에 맞으면 에너지가 사방으로 분출됩니다. 그래서 전차에 맞으면 적어도 지름 30cm 이상의 구멍이 뚫립니다. 또 그때 확산되는 에너지로 전차 안에 있는 사람도 바로 죽게 됩니다."

이 말을 들은 육군참모총장이 눈을 크게 뜨면서 말했다.

"그것 참 기상천외한 무기입니다. 그 말씀을 들으니 더욱 갖고 싶어집니다."

그러자 권 박사가 다시 이어 말했다.

"내가 들으니 북한이 우리를 공격한다면 한 시간 동안에 방사포 일만 발을 우리 서울에다 쏠 수 있다는 말을 들었습니다. 만약 우리 군이 서울 북쪽에 이런 레이저포 열대만 배치한다면 북한에서 쏘는 방사포를 모조리 공중에서 막아낼 수 있습니다. 이만하면 이 무기의 위력을 알 수 있지 않겠습니까?"

삼군 참모총장들은 멍하니 권 박사를 바라봤다.

그들은 권 박사의 이야기가 쉽게 믿겨지지 않는 모양이다.

잠시 후에 육군참모총장이 대답했다.

"정말 그렇다면 우리 군은 커다란 부담을 덜게 될 것입니다. 그런데 저 레이저 무기는 값이 얼마나 됩니까?"

권 박사는 다시 미소를 지으며 말했다.

"뭐, 아주 쌉니다. 한 삼백억 가지면 한 대를 구입할 수 있으니까요."

공군참모총장이 눈을 크게 뜨고 놀랐다.

"아니! 저렇게 조그만 무기가 삼백억이라니요? 그게 정말로 그만한 가치가 있겠습니까?"

권 박사가 다시 미소를 지으며 말했다.

"만약 저 레이저포를 우리 전투기에 장착한다면 그 전투기 한 대로 적 전투기 십여 대를 한순간에 격추시킬 뿐만 아니라, 적기에서 쏜 대공 미사일도 다 막아낼 수 있습니다."

권 박사의 설명을 들으면서 삼군 참모총장들은 놀라움을 숨기지 못하고 있었다.

"우리 공군 조종사는 적기를 만나도 상대방의 꼬리를 잡기 위하여 더 이상은 공중 쇼를 하지 않아도 됩니다. 또 미국이 자랑하는 F-22가 와도 두려워 할 필요가 없습니다. 그 전투기가 아무리 스텔스기라 하여도 유도탄을 발사하면 우리 조종사가 알게 될 것이니, 그때 미사일을 격추시키면 그만입니다."

"하하, 박사님. 저 레이저포에 자신감이 참으로 대단하십니다."

아직 자신의 말을 100% 신뢰하지 않는 것 같은 삼군 참모총장들의 태도에 권 박사는 쓴 웃음을 배어 물었다.

"아마 여러분도 이제 곧 아시게 될 것입니다."

여럿이 모여서 이야길 하는 동안 실험준비가 끝났다.

지금 레이저포는 관람석 앞에서 이백 여 미터 떨어진 곳에 설치되어 있었다.

또 레이저포에서 좀 떨어진 곳에 표적 자동추적 레이더가 장착된 장갑차가 서 있었다.

곧 실험이 시작되자 안내자가 방송을 했다.

"지금 관람석에서 마주보이는 야산 위에 사방 50cm의 철판에, 두께가 5cm인 철판 열장이 겹쳐 있습니다. 레이저포와 철판과의 거리는 정확하게 2km입니다. 곧 레이저포를 쏘아서 저 철판에 구멍을 뚫겠습니다. 그럼 잘 관찰해 주시길 바랍니다."

안내원의 방송을 듣고 모두 야산 위를 바라보았으나, 야산 위에 설치되어 있다는 철판은 너무 멀어서 잘 보이지 않았다.

안내원의 안내 방송이 끝나고 몇 분이 지나니 레이저포에서 태양빛과 같은 섬광이 번쩍 빛났다가 사라졌다.

그리고 잠시 후 안내원이 다시 방송했다.

"레이저포는 정확하게 철판 열 개에 구멍을 뚫어 놓았습니다. 잠시 후 여러분은 그 철판을 직접 보시게 될 것입니다."

그리고 잠시 시간이 지나자 안내원이 다시 안내 방송을

하였다.

"이번엔 여러분이 앉으신 좌편에서 무인 비행기가 나타날 것입니다. 그럼 우리 대공 미사일인 천마가 저 무인 비행기를 격추시킬 것입니다. 그러나 레이저포는 천마로부터 무인 비행기를 지킬 것입니다. 천마는 마하 3이라는 무서운 속도로 날아가 무인 비행기를 요격할 것입니다. 과연 우리의 레이저포가 저 무서운 천마로부터 무인 비행기를 지켜낼지 잘 살펴보십시오."

안내방송이 끝나자 사람들은 주변을 살펴보았으나, 천마는 어디 있는지 보이지 않았다.

조금 있으니 다시 안내 방송이 나왔다.

"여러분, 왼쪽 하늘을 보십시오. 고공 1km지점에 붉은 연막을 뿌리며 무인 비행기가 나타났습니다."

사람들이 일제히 북쪽 하늘을 보니 정말 붉은 연막을 뿌리며 보일 듯 말 듯한 무인비행기가 나타났다.

사람들이 모두 북쪽 하늘을 쳐다보고 있는데 다시 안내방송이 나왔다.

"여러분, 우리의 자랑스러운 천마가 여러분의 앉은 바른쪽 편에서 발사가 되었습니다. 지금 무서운 속도로 북쪽 하늘을 향하여 돌진하고 있습니다."

형진이가 보니 바른편 쪽 하늘에서 연기를 내 뿜으면서 미사일 한기가 북쪽 하늘을 향하여 날아가고 있었다.

미사일은 곧 무인 비행기 근처에 다다랐다.

이때 북쪽 하늘에서 번쩍하는 태양처럼 밝은 섬광이 보였다가 이내 사라졌다. 그리고 그 자리에 검은 반점들이 보였다가 사라졌다.

이때 안내원이 다시 방송했다.

"와! 참 놀라운 광경입니다. 빛줄기처럼 빠른 우리 미사일 천마는 레이저포에 맞아 흔적도 없이 사라졌습니다. 우리 레이저포는 천마로부터 무인 비행기를 무사히 지켜 내었습니다."

사람들은 이때서야 모두 일어서서 박수를 쳤다.

이때 해군참모총장이 감탄하여 말했다.

"정말 대단합니다. 만약 저 레이저포를 우리 정기룡 함이 가지고 있었다면, 중국 놈들에게 망신을 당하지 않았을 것입니다."

그러자 공군참모총장이 말했다.

"저 레이저포를 우리 전투기에 단다면 천하무적이 될 것입니다. 만약 그렇게만 된다면 적국 하늘을 마음 놓고 유린할 수 있을 것입니다."

이때 육군참모총장이 나서서 말했다.

"저 무기야말로 우리 육군이 바라고 그토록 바라던 환상적인 무기입니다. 저것만 가지면 우리 군을 안전하게 보호할 수 있습니다. 천마는 한방에 백오십억 이나 하지만, 레

이저포는 하나에 삼백억이라니 어찌 보면 공짜가 아닙니까?"

육군참모총장은 다시 권 박사를 쳐다보며 물었다.

"저 레이저포를 한번 발사하려면 경비가 얼마나 듭니까?"

"한번 발사하는데 대략 삼십만 원이 듭니다."

"아니… 값이 그렇게 쌉니까?"

"예, 레이저포 값이 조금 비싸서 그렇지, 사용하는 데는 거의 공짜나 마찬가지입니다. 그러니 빨리, 많이 주문을 해서 마음 놓고 막 사용하십시오."

그들은 말을 하며 레이저포쪽으로 내려갔다.

그곳으로 가니 트럭으로 싣고 온 철판 열 개가 놓여 있었다.

이때 장교가 한사람 나와서 일행들에게 설명했다.

"조금 전 저 산위에 있는 이 철판을 향하여 레이저포를 발사 했습니다. 여러분 이 철판이 어떻게 되었는지 잘 살펴보십시오."

형진이가 살펴보니 철판은 한 면이 50cm이고 두께가 5cm인 철판인데, 이런 철판 열 개에 지름 30cm 정도의 구멍이 뚫려 있었다.

그 구멍은 관통한 것이 아니고 철판이 녹아서 증발한 것이다.

삼군 참모총장들은 그 무시무시한 것을 보고 무척 놀랐다.

먼저 육군참모총장이 입을 열었다.

"야! 이 정도면 전차도 한 방에 완전히 끝나겠는데……."

그러자 해군참모총장도 말을 거들었다.

"이 정도면 군함을 공격해도 큰 피해를 입히겠는데… 이런 거 서너 방 맞으면 군함도 침몰하지 않겠어."

공군참모총장은 레이저포를 보면서 말했다.

"이거 부피도 얼마 안 되니 우리 전투기에 부착하면 그날로 하늘의 제왕이 되겠는데… 이거 육군이나 해군보다 우리 공군이 먼저 갖아야 하겠어."

그러자 해군과 육군참모총장이 동시에 대답했다.

"흥! 그것만큼은 절대로 양보할 수 없지."

이 말을 들은 권 박사가 나섰다.

"뭐, 값도 싸고 하니 이 레이저포를 삼군에서 각각 백여 대씩 사가시면 되겠습니다."

"허허, 뭐라고요? 백여 대씩이라고요? 우리 군은 그렇게 부자가 아니랍니다."

그들은 말하면서 레이저포를 자세히 살펴봤다.

레이저포는 길이가 1m 정도이고 폭이 사방 50cm 정도밖에 안 되는 아주 작은 것이었다.

삼군 참모총장들은 레이저포를 살펴보며 물었다.

"이것은 얼마나 빨리 발사할 수 있습니까?"

"대략 초당 한발을 발사할 수 있습니다."

"한 발이라뇨? 레이저는 빛을 내 쏘는 것이 아닙니까?"

이 말을 들은 권 박사는 레이저포 옆에 있는 상자에서 은 빛이 나는 탄피처럼 생긴 것을 꺼냈다.

그것은 지름이 4cm 정도이고 길이가 30cm 정도인 탄피처럼 생긴 물건이었다.

권 박사는 은빛 나는 탄피 같은 물체를 집어 들고 말했다.

"이 속에는 레이저 빛을 형성하는 화합물이 들어 있습니다. 이것에 일만 이천볼트의 전압을 가하면 이 속의 화합물에서 레이저 빛이 나옵니다. 이 레이저포는 이것을 총탄처럼 쏘아 내보내는 것입니다. 그러니 기존의 레이저와는 많이 다릅니다."

"그럼 그 레이저포에 탄피를 몇 개까지 장전할 수가 있습니까?"

"현재 이것은 여덟 발까지 장전할 수 있습니다. 그러니까 이 레이저포를 연달아 여덟 번 발사할 수 있는 것입니다."

이 말을 들은 해군참모총장이 머리를 끄덕이며 말했다.

"그 정도면 사용하는데 아무런 지장이 없겠습니다."

육군 화력시험장을 다녀온 지 석 달이 지난 구월 말 진수가 회장실에 들어왔다.

"어이. 서 사장, 어서와."

진수는 소파에 가서 털썩 주저앉으며 말했다.

"요새는 일이 얼마나 바쁜지 잠시 쉴 틈도 없어."

"아니, 뭐가 그렇게 바빠?"

"일이 좀 많아? 이백 톤짜리 전기로를 세 개나 설치하고 후판과 공장과 자동차용 철판공장을 세우고 블랙홀도 세·개나 건설하는데 아주 숨 쉴 틈조차 없을 지경이라고……."

"그런 거야 기술자나 아니면 아랫사람들에게 맡기면 되잖아?"

"그렇지 않아. 그래도 내가 다니면서 하나 하나 직접 살펴봐야만 해. 주인이 살펴보는 것과 그냥 맡기는 것과는 천양지차이다."

"그야 그렇지. 그런데 공장들은 순조롭게 진행되는 것이냐?"

"늘 크고 작은 문제가 있기는 하지만, 연말까지 모든 공장은 완공될 것이다."

"하여간 네가 참말로 수고가 많다."

"그런데 우리 회사 견본을 세계 각국 건설, 자동차, 항공사 등에 보냈는데 보잉사에서 투명금속판 일천 톤을 보내 달라고 주문이 왔다. 이거를 얼른 보내 주어야 할 것

아니냐?"

"그래야지. 그런데 우리에게 지금 투명금속이 얼마나 있지?"

"실험실에서 매일 오십 톤씩 생산해서 그동안 만들어진 것이 일만 톤은 될 걸…."

"그렇게 많은가? 그럼 무엇이 문제야? 보잉사에 물건을 보내 주면 될 것 아니야?"

"글쎄… 아직 정식으로 공장이 완공되어 상품이 쏟아져 나오는 것도 아닌데, 벌써부터 주문에 응해야 하는지를 결정하지 못했다. 그러다가 사방에서 주문이 밀려들어오면 우리가 난처하게 될 것 같아서……."

어딘 주고 어디는 주지 않으면 분명 사소하더라도 분쟁이 생길 수 있는 것이다.

"난처하긴 뭐가 난처해. 물건이 있으면 주고, 없으면 안 주면 되지."

"그런데 우리가 주문에 응하려면 투명금속을 제철소로 보내서 금속판으로 뽑아 와야 하거든."

"그럼 그렇게 해서 주면 되지, 그것이 뭐가 문제야?"

형진이 이마를 찌푸리면서 설명을 했다.

"문제야 많지. 이 투명금속은 융해점이 천사백도나 되는데, 이것이 조금만 온도가 높아져도 기포가 생겨서 그냥 버리게 되거든. 한마디로 제철소에서도 이것을 다루어 본 경험이 없어서 생산이 쉽지 않다는 점이다. 그러니 그들이 높은 비용을 청구할 수밖에 없지."

진수가 눈을 동그랗게 떴다.

"설마 그렇다고 해서 우리가 손해가 나는 것은 아니겠지?"

"손해야 나겠는가? 비용이 좀 더 많이 나간다는 것뿐이지?"

"그렇다면 뭐가 문제야? 그들이 원하는 대로 만들어 줘. 어차피 보잉사에서도 투명금속을 사용하려면 여러 가지로 시행착오를 거쳐야 할 것이다. 그러니 투명금속을 일찌감치 주어서 여러 가지로 경험하게 하자고."

진수는 머리를 흔들며 말했다.

"하여간 매우 뜻밖의 일이다. 그들이 왜 이렇게 서둘러서 투명금속을 수입해가려는지 도저히 모르겠어?"

"그야 그만한 이유가 있겠지… 생각해 봐. 투명금속은 알루미늄의 비중에 절반 밖에 안 되는 가벼운 금속인데다가, 단단하기는 강철보다 더 단단하고 융해점도 더 높으니 비행기 동체를 만드는 데는 이 이상 좋은 소재가 없지. 만약 투명금속으로 비행기를 만들게 된다면 무게를 30% 이상 줄일 수 있다고 들었다. 그러니 그들이 서둘러서 주문하는 것이겠지."

"그렇다면 귀찮고 힘들지만 만들어 보내도록 하자."

"잘 생각했다. 그런데 권 박사님의 처우를 어떻게 해야 하겠니?"

"권 박사 처우라니? 갑자기 무슨 말이냐?"

"아! 이 친구가 정말로 정신이 하나도 없는 모양이군. 권 박사가 레이저포를 연구해 내었지 않은가? 그러니 회사 차원에서 그 양반의 처우를 생각해 드려야 하지 않겠냐?"

"글쎄. 나는 그런 생각을 해본 적이 없어서… 그런데 레이저포라는 것이 대량 생산되어 막대한 물량이 팔려 나갈 것도 아니잖아? 그러니 전지나 투명금속을 연구한 것처럼 대접해 줄 수는 없잖아?"

"그렇긴 하지만, 그것이 우리 군의 전력증강엔 지대한 공을 세운 것이니 그에 걸 맞는 대접을 해드려야 하잖아?"

"아니. 그거야 나라에다 공을 세운 것이니 우리가 아니라 나라에서 상을 주어야지."

그렇다고 나라에서 상을 줄리는 없을 것이다.

"그렇긴 하지만 권 박사는 우리 회사에서 근무하고 또 우리 회사에서 연구해 내었으니 우리 회사에서 먼저 보상을 해줘야 하잖아?"

"하기는 우리가 먼저 대접해 드려야지. 그게 예의니까. 그러나 전지나 투명금속을 연구해 내었을 때처럼은 보상을 할 수가 없지."

"그래서 말인데… 레이저 연구원이 권 박사를 포함해 모두 11명이거든. 그러니 연구원 한 명당 3억씩 지불하고 권 박사에게는 따로 20억을 드리는 것이 어떤가?"

진수는 한동안 생각하더니 말했다.

"권 박사에게 20억을 드린다는 것은 아무 이의가 없지만, 다른 연구원에게 3억씩 지불하는 것은 좀 문제가 있어."

"왜 그렇게 생각해?"

"내가 알기로는 레이저포는 처음 구상한 사람도 권 박사고, 대부분의 연구도 권 박사가 한 것으로 알아. 그런데 들러리로 있던 연구원에게 3억씩이라니, 이것은 너무 지나친 감이 있다."

"들러리라니, 그거 너무 지나친 표현 아니야? 그럼 어떻게 했으면 좋겠는가?"

"그거야 권 박사를 불러서 의논을 해봐야지."

형진이는 머리를 끄덕였다.

"그럼 그렇게 하자."

형진이 대답을 들은 진수가 다시 말했다.

"이왕 공로를 치하하려면 빨리 할수록 좋아. 그러니 그 문제는 빨리 매듭지으라고."

"알았어. 내일 권 박사를 불러서 결정하지."

다음날 형진이는 권 박사를 불러 연구원들의 노고에 대

하여 치하하고 물었다.

"회사에서는 박사님의 레이저포를 연구한 것에 대해 이십억을 보상하기로 했습니다. 그런데 연구원들에 대해서는 어떻게 보상해 주어야 할지 잘 모르겠습니다. 여기에 대하여 박사님의 의견을 말씀해주십시오."

"감사합니다. 회장님, 그렇지만 그런 것을 생각해보지 않아서 뭐라고 말씀을 드려야 할지 잘 모르겠습니다."

권 박사는 갑작스런 형진의 말에 무척 놀란 듯했다.

그리고 그동안 연구에만 몰두하느라 미처 그런 부분은 전혀 생각을 해보지 않은 눈치였다. 형진이 살며시 웃으면서 입을 열었다.

"예를 들어 지난날 전지가 연구 되었을 때는 담당교수가 20억을 받았고, 나머지 연구원은 십억씩을 받았습니다. 그러나 전지 연구에 있어서는 담당 교수보다 연구원들이 더 열심히 하였고, 또 그들에 의해 전지가 연구된 것이었습니다. 그러니 박사님의 연구원에 대하여 박사님께서 적절한 방법을 제시해 주었으면 합니다."

권 박사는 난처한 표정으로 한동안 생각하더니 입을 열었다.

"레이저에 대하여서는 대부분 연구는 제가 했습니다만, 연구원들의 도움도 매우 컸습니다. 저로서는 그들의 노고에 대하여 금전적으로 평가하기는 매우 적절치 않습니다.

연구원에 대한 처우는 회사에서 결정하는 것이 오히려 좋겠습니다."

권 박사의 말을 들은 형진이도 잠시 난처했다.

그로서는 연구원들의 얼굴도 모르는데 누가 얼마만큼 노력했고 공을 세웠는지 전혀 알 수가 없었다.

그렇다고 평가를 거부한 권 박사에게 계속 강요할 수도 없어서 형진이는 잠시 생각하다 말했다.

"그렇다면 연구원 한 명당 3억씩을 지불해 주면 어떻겠습니까?"

형진의 말이 끝나자 뜻밖에도 권 박사가 굉장히 반색을 했다.

"회장님께서 그렇게 생각해주신다면 모든 연구원들이 크게 기뻐할 것입니다."

형진이도 만족하여 고개를 끄덕였다.

"그럼 그렇게 하도록 합시다. 그런데 레이저포를 만들려면 공장의 규모가 어느 정도 되어야 합니까?"

"일부러 많은 사람을 두어 부품을 만들어 생산할 필요는 없습니다. 불행히도 이것은 무기이기 때문에 대량생산하여 팔도록 정부가 허락하지 않을 것입니다. 그러니 우리 공장에서 몇 가지만 만들고 나머지 부품은 모두 주문하여 조립만 하면 됩니다."

생각한 것만큼 규모가 커지지 않을 것 같아 형진은 일단

안심이 되었다.

"조립을 한다하여도 어느 정도의 기본적인 인원은 있어야 할 것 아닙니까?"

"물론입니다. 레이저포에 가장 중요한 몇 가지 부품은 우리가 직접 만들어야 합니다. 그러려면 약 백여 명의 인원이 필요합니다.

"지금 제6아파트형 공장은 6층 이상이 비어 있습니다. 그중 하나를 박사님이 선택하여 공장으로 사용하도록 하십시오. 필요한 물자나 인원은 총무부에 요구를 하십시오. 그들이 박사님을 적극적으로 도울 것입니다."

"알겠습니다. 그럼 곧 공장의 설비에 바로 들어가겠습니다."

막 일어서려는 권 박사를 잡아 앉혔다. 그리고 형진은 못내 궁금해 하던 것을 물었다.

"그런데 박사님께서 레이저포를 실험할 때에 레이저포의 값이 대당 삼백억이라 하셨는데, 정말로 그렇게 많은 비용이 듭니까?"

갑자기 권 박사가 너털 웃음을 터트렸다.

"하하, 그때 한 이야기는 별로 의미를 둔 것이 아니었습니다. 레이저포를 만드는데 모두 165억이 들었습니다. 그중 상당수의 부품이 시행착오로 몇 번씩 다시 주문한 적도 있었습니다. 그러므로 이것을 우리가 대량생산을 한다면 백억 미만에 생산할 수 있을 것입니다."

그러자 형진은 다행스런 마음에 절로 안심이 되었다.

"내 생각엔 군부에서 레이저포가 삼백억이면 구입할 수 있을 것이라 생각할 것입니다."

"아마도 그럴 것입니다."

"박사님께서 아실까 모르겠습니다만, 공산품이란 원가에 네 곱은 받아야 합니다. 그렇다면 이 레이저포를 사백억 이상 받아야 합니다."

그러자 권 박사가 정색을 하고 대답했다.

"레이저포의 원가가 얼마나 될지는 기술자들과 자세하게 상의를 해보아야 합니다. 정확한 것은 좀 지나보아야 합니다만, 백억 미만에 생산할 수 있다는 것은 확실합니다."

형진이는 더 이상 추궁하지 않고 머리만 조용히 끄덕였다.

연구를 하는 사람과 이런 이야기를 길게 할 필요는 없다는 것이 형진의 생각이었다.

사실 레이저포의 가격을 권 박사가 삼군 참모총장들에게 직접 말한 것은 실수였다.

형진이가 보기에는 우리 군이 기껏해야 몇 십 대를 주문해 갈 것인데, 대당 삼백억을 받아서는 정말로 남는 것이 없다.

공장 시설을 해 보았자, 겨우 몇 십대를 생산하고 개점휴업이 될 터인데, 정말 레이저포를 생산해야 할지도 의문이었다.

형진이는 이런 생각을 하면서 착잡한 심정을 달래고 있었다.

12월 말이 되자 미리내 회사는 여러 가지로 바쁘게 움직이고 있었다.

형진이가 경제신문을 훑어보고 있는데 민 사장이 들어왔다. 민 사장은 형진이가 권하는 자리에 앉자 입을 열었다.

"회장님, 올해 매출이 삼십 조를 돌파할 것 같습니다. 올초에 영업부 예측은 매출이 8%증가할 것이라 하였는데, 뜻밖에도 매출이 20%나 늘어났습니다."

형진이는 환하게 웃으며 대답했다.

"모두들 열심히 노력한 덕분에 뜻밖에 많은 매출을 올렸습니다. 아마 전지부분은 이것이 정점일 것입니다. 이제부터는 투명금속에 모든 힘을 쏟아야 할 것 같습니다."

그러자 민 사장이 조심스럽게 자신의 의견을 내놓았다.

"투명금속은 내년까지는 큰 매출을 기대할 수 없지 않겠습니까?"

"글쎄요… 이거야 서 사장이 있어야 자세히 알 터인데……"

이때 마침 문이 열리며 진수가 들어왔다.

형진이는 진수를 또다시 보자 환하게 웃었다.

"자네도 양반되기는 다 틀린 모양이다. 지금 자네 이야기를 하는데 이렇게 들어오니 말이다."

"뭐야? 두 사람이 머리를 맞대고 내 흉을 본거냐?"

민 사장이 껄껄 웃었다.

"하하, 그럴 리가 있습니까? 내년에 투명금속의 매출이 얼마나 될까하고 생각했습니다."

"투명금속이요? 공장을 세 개밖에 짓지 않았으니, 생산량이란 게 뻔한 것 아닙니까?"

그 말을 듣고 형진이가 다시 나섰다.

"공장이 완공 되었다며…?"

"완공 된지는 며칠 되었어. 세 개의 공장에 기술자들도 다 배치하였고. 지금 공장을 재점검하고 있으니 며칠 있으면 그것도 끝나. 내년 1월 5일을 기해 공장을 가동하게 될 것이다?"

"그런데 투명금속이 내년에는 많이 나가겠어?"

"무슨 소리야? 그동안 실험실에서 생산한 투명금속이 이만 톤이나 되는데. 그것이 모두 팔려 나갔어. 그리고 지금 주문이 들어와 있는 것이 앞으로 생산할 양보다 더욱 많아. 지금 사방에서 우리 투명금속을 달라고 야단이다. 그리고 우리나라 주방기구 회사가 우리 투명금속 때문에

돈벼락을 맞은 것을 아냐?"

형진은 금시초문이었다.

"돈벼락을 맞다니… 왜?"

"우리 투명금속이 코팅을 한 주방기구보다 더 좋다잖아. 이것으로 냄비나 프라이팬을 만들면 음식물이 들어붙지 않는다는 거다. 그래서 음식점마다 철판구이 철판을 모두 투명금속으로 바꾸고 있다는 거다. 그 회사에서는 주문량이 폭주를 해서 주방기구를 미처 만들지 못하여 못 팔고 있다는 것이다."

진수의 말을 들은 형진이가 껄껄 웃었다.

"이 친구야, 정신 차려. 우리 투명금속이 주방도구나 만들어서 얼마나 팔려? 보다 대량 소비되는 곳에 팔려 나가야지."

"허허, 주방도구가 얼마나 광범위하고 많은데? 그리고 건설회사에서도 투명금속을 유리창 대신 사용하고 있다. 사실 건설회사에서 사용되는 유리창은 무시할 수 없다고. 또 자동차 회사에서도 우리 투명금속이 나오길 기다린다고. 하여간 우리 공장은 가동하자마자 이부제로 운용해야 할 것 같아."

"이부제라니? 그럼 공장 하나에서 투명금속을 이천 톤씩 생산한단 말인가?"

"이미 주문 들어온 것만 소화시키려 해도 이부제로 운영해야 할 것이다."

진수는 그 때문에 골치 아파하는 것 같았지만, 형진은 절로 신이 났다.

"그럼 말이다. 그 공장이 가동되는 것을 보고서 즉시 새로운 공장을 짓는 것이 어때?"

"뭐, 이미 시험 가동은 해보았고 공장에는 아무런 문제가 없는 것 같아. 그래도 한 달쯤 더 가동해보고 그 때도 문제가 없으면 공장을 추가로 짓기로 하자."

형진이는 머리를 끄덕이며 생각에 잠겼다. 그러자 진수가 다시 물었다.

"이번엔 공장을 몇 개 지을 것이냐?"

"이번에는 열 개의 공장을 짓기로 하자."

"열 개라고?! 그 돈이 얼마인 줄 알아?"

"뭐, 16조밖에 더 되냐?"

시큰둥하게 대답하는 형진을 보면서 진수가 버럭 소리쳤다.

"16조가 적은 돈이냐? 지금 우리에게 돈이 얼마나 있는데?"

"여유자금이 14조가 있었는데, 올해 공장을 짓느라고 6조를 써버렸으니 지금 남은 것이 8조 정도 되지. 그리고 이번 해에 경상이익이 10조는 되니, 세금 공제하면 순이익이 8조가 넘고 내년에 16조를 사용해도 별문제가

없다."

형진의 자세한 설명에 진수의 얼굴에 웃음꽃이 피었다.

"하하, 그동안 돈을 엄청 벌었구나. 그런데 이번에 공장 근로자를 모두 이천 명 뽑았거든. 그런데 내년에 또 오천 명을 뽑는다면 우리나라에 일자리가 넉넉해져서 좋겠다."

"아니! 오천 명 갖고 무슨 일자리가 넉넉해지냐? 참! 공장을 이부제로 뽑는다면 이천 명 갖고는 안 되잖아?"

"앗 참! 그렇지. 그럼 한 이천 명을 더 뽑아야겠네. 사실 요즈음 대학 졸업생들이 우리 회사에 들어오려고 머리를 싸매고 있다고. 우리 회사만큼 근로자들에게 잘 대접해 주는 회사도 없잖아?"

이때 민 사장이 나섰다.

"회장님, 이번 정월 초하루 떡값은 어떻게 할 것입니까?"

"그거야 작년처럼 월급에 300%를 지불하면 되지 않겠습니까?"

이 말을 들은 진수가 또 시비를 걸고 나섰다.

"이제 버릇이 되었냐? 명절만 되면 300% 보너스를 지불하게. 어디 그뿐인가, 휴가철에도 휴가비를 월급에 100%씩 지불하고 있잖아. 사실 우리나라에서 우리 회사처럼 호화판인 회사는 없을 것이다."

형진이가 진수를 쳐다보면서 말했다.

"그것이 왜 문제야? 좀 호화판이면 어때? 사실 일하는 사람들 입장에서는 그런 재미라도 있어야 신명이 나서 일할 것이 아니냐? 그렇다고 해서 회사에 커다란 부담이 되는 것도 아니고…….."

민 사장이 다시 물었다.

"연봉은 얼마나 인상하실 것입니까?"

"작년에 5%를 인상 했으니 올해는 10%를 인상하기로 하자."

진수가 다시 말했다.

"야! 너무 많이 올려 주는 것 아니야? 그렇게 하면 우리 회사의 연봉이 우리나라 기업 중에서 제일 많을 걸…….."

진수의 말을 들은 형진이가 피씩 웃었다.

"우리 회사가 가장 잘 나가는 회사이니 월급도 제일 많이 주어야지. 원래 기업이란 모든 직원이 서로 단결 협조하여 이익을 창출하는 게 아닌가? 그래서 이익이 많이 났으면 다 같이 나누워 먹어야지. 그러니 우리 회사 월급이 다른 회사보다 많은 것은 당연한 것이다."

형진의 논리에 진수가 마침내 포기한 듯했다.

"그래, 아주 팍팍 올려줘라. 내 돈 나가냐? 네 돈 나가는 것이지."

진수가 심통 맞은 소리를 하고는 이내 킬킬 웃었다.

그러자 형진이가 민 사장을 보고 물었다.

"지금 우리 회사가 매출로 보아서 랭킹이 얼마나 됩니까?"

"아마 매출 순위로는 10위 정도 될 것입니다. 그러나 순이익으로는 2~3위가 될 것입니다."

이 말을 들은 형진이가 진수를 쳐다보며 자랑했다.

"봐라. 우리 순이익이 2등이라고 하잖아. 그러니 월급도 제일 많이 주어야지."

"그래, 퍽도 좋겠다. 그런데 매출 2위인 회사는 어디입니까?"

"아! 그것은 말입니다. L석유회사입니다. 그러나 이것은 어디까지나 추측입니다. L석유회사가 올해부터 서해에서 석유를 퍼 올리지 않았습니까? 지금 석유를 매일 백이십만 배럴씩 퍼 올리니 그것을 모두 돈으로 환산하면 도대체 얼마입니까?"

"지금 국제 석유 값이 얼마입니까?

"160불이 넘는 것으로 알고 있습니다."

민 사장의 말을 들은 진수는 머리를 끄덕였다.

"그 회사는 내년부터는 매출이 대단하겠는데. 올해는 연초에 오십만 배럴씩 생산했으니 매출이 크게 늘지 않았겠지만, 내년부터는 아마도 대단할 것입니다."

이 말을 들은 민사장이 입을 열었다.

"석유를 퍼 올리기 시작하자 외화가 남아돌기 시작하여

우리나라 돈값이 계속 올라가고 있습니다. 금융계에선 내년에 우리 돈의 가치가 더 올라서 달러당 천 원 정도가 될 거라고 말하고 있습니다. 이렇게 되면 수출업자들이 큰 타격을 받을 것이라고 합니다."

이 말을 들은 형진이가 한마디했다.

"그게 무슨 문제야? 조폐공사에서 윤전기 좀 더 돌리면 되지?"

"아니 그게 무슨 말이냐?"

진수가 이해가 안 된다는 듯 형진이를 바라봤다.

"아니! 우리 돈 가치가 올라가면 큰일이라며? 그럼 돈을 많이 찍어내면 될 것 아니야?"

"뭐라고? 아니, 지금 그것을 말이라고 하는 것이냐?"

그러자 형진이가 씩 웃으며 말했다.

"이 침구야, 농담이다. 그런데 내년에 우리 회사도 수출이 꽤 많이 늘어날 터인데, 그럼 우리 돈의 가치는 더욱 올라갈 것이 아닌가? 그거 참 큰일인데……."

진수가 민 사장을 보며 물었다.

"내년에 우리 회사의 투명금속 매출이 약 칠조 정도 될 것 같은데… 그러면 우리 회사가 랭킹 5위 안에는 드는 것입니까?"

"글쎄요. 5위 안에 들어간다고 장담할 수는 없지만, 얼추 그 근방까지는 갈 것입니다."

민 사장의 말을 들은 형진이가 말했다.

"늦어도 오 년 안에 매출과 순이익에서 우리가 한국에서 제일 큰 기업이 될 것이다. 자! 모두 분발해서 반드시 S기업을 따라 넘읍시다."

이 말을 들은 두 사람이 싱긋이 웃었다.

진수는 싱긋이 웃고선 형진에게 물었다.

"그런데 G제약회사는 올해의 매출이 어떻게 되냐?"

"올해 매출이 오천 팔 백억에, 경상이익이 육백억 정도가 된다고 하더군."

"아니 그놈에 회사는 맨날 그 자리야. 어째서 발전할 줄을 몰라. 내가 그 회사 사장이었을 때도 매출이 그 정도 이었는데."

그러자 형진이가 피씩 웃었다.

"뭘. 그동안 매출이 한 천억 늘어났고, 경상이익도 백억 이상 늘어났는데……."

"그게 뭐가 늘어난 것이냐. 제자리걸음이지. 그런데 누님께서는 그 회사의 이사로 부임 하신 것이냐?"

형진이는 어이가 없다는 듯 껄껄 웃었다.

"우리 누나가 그 회사 이사로 부임한지 반년이 넘어. 아니 그 회사의 사장자리를 그만 두더니 아예 관심을 끊은 것이냐?"

"내가 그 회사를 생각할 시간이 어디 있어? 투명금속에

온 정신을 다 빼앗기고 있는데. 아마 네 누님이 사장을 맡아서 하시면 꼼꼼해서 잘하실 것이다."

형진이는 정색을 하고 말했다.

"사실 가능하다면 나는 내 가족을 사업에 끌어드릴 생각이 아니었어. 그러나 누나가 하겠다니 차마 거절할 수가 없었다. 그래서 G제약회사의 상무이사로 부임시킨 것이다."

진수는 머리를 흔들며 말했다.

"그렇게 생각할 필요 없어. 사실 누님은 집에서 그냥 썩기엔 아까운 인재야. G제약회사에 가서 자기개발을 하면 분명히 훌륭한 경영자가 될 것이다."

형진이는 씁쓸한 듯 입맛을 다시며 말했다.

"하여간 이번 명절이 끝나면 즉시 공장을 짓기 시작해라."

"알았어. 그렇잖아도 즉시 착수할 예정이었어."

이때 비서가 들어와 말했다.

"회장님, 군에서 고급장교들이 찾아 왔습니다. 그분들이 회장님을 만나게 해달라고 합니다."

"모시고 들어오세요."

곧 삼군의 대령 세 사람이 들어왔다.

형진은 자리에서 일어나 그들을 맞이했다.

네 사람이 악수를 나누자 곧 자리를 잡고 앉았다. 그러자

육군 대령이 민 사장과 진수를 보더니 말했다.

"군사적으로 극비사항이라서 회장님에게만 말씀을 드렸으면 합니다."

그러자 진수와 민 사장이 일어나며 말했다.

"회장님, 그럼 우리는 이만 나가 보겠습니다."

두 사람이 나가자 공군 대령이 입을 열었다.

"회장님, 저… 레이저포의 가격이 어떻게 됩니까?"

형진은 전혀 망설임 없이 바로 대답을 했다.

"한 대당 오백억입니다."

딱 잘라 말하는 형진에게 세 사람은 놀라움을 금치 못했다.

"오백억이요? 아니 뭐가 그렇게 비쌉니까?"

그러자 형진이가 대수롭지 않게 대답했다.

"그렇지만 군에서 몇 대를 주문하느냐에 따라 가격이 달라질 수도 있지요."

그러자 공군대령이 조심스럽게 입을 열었다.

"약 삼십여 대를 동시에 주문한다면 가격이 어떻게 되겠습니까?"

형진이는 일부러 잔뜩 실망한 표정을 지으며 말했다.

"삼십여 대요? 아니! 삼군에서 겨우 삼십여 대만 주문을 한단 말입니까? 그것을 가지고 어떻게 국토방위를 합니까? 아이들 장난도 아니고 삼십 대가 무엇입니까?"

형진의 말이 좀 심하게 나가자 상대방이 벌컥 화를 냈다.

"아이들 장난이요? 아니! 삼십 대면 일조가 넘는데 그게 작은 돈입니까?"

"대공 미사일 하나에도 이백오십억씩 가는데, 일조가 뭐가 많습니까? 우리는 막대한 자본과 인력을 투입하여 레이저포를 발명했는데, 군에서는 다른 나라에 수출도 못하게 하고서 겨우 삼십 대를 주문하겠다니 그것이 말이나 됩니까?"

형진이 쏘아붙이자 상대방은 말을 하지 못했다.

"우린 뭐 흙 퍼다 장사합니까? 이런 첨단 무기를 개발해놓으면 군에서도 좀 생각을 해주어야 하는 것 아닙니까?"

형진이가 화를 파랗게 내니, 세 명의 고급장교는 안절부절 못했다.

이때 해군대령이 차분한 음성으로 말했다.

"회장님, 우리도 사실은 입장이 매우 난처합니다. 신무기를 구입하기 위하여 군부에서도 국회에 추경예산을 요구하여 겨우 얻어낸 것입니다. 지금 전력증강 삼개년 계획 중에 있습니다. 나라에서는 이 계획을 위하여 십오조란 막대한 돈을 사용하기로 했는데, 또 추경예산을 요구했으니 우리 군부로서도 더 이상 무리한 요구를 할 수가 없는 형편입니다."

형진이는 여전이 화가 풀리지 않는 표정으로 말했다.

"아무리 그래도 그렇지요? 이런 신무기를 외국에 팔지도 못하게 하면서 겨우 삼십 대를 주문하겠다나요? 그렇다면 이런 무기를 개발한 우리 회사는 무엇이 됩니까? 그리고 우리 솔직히 이야기 합시다. 우리 대한민국이 가난뱅이 나라입니까? 우리나라도 이제는 돈이 많지 않습니까? 그런데 추경예산을 얼마를 요구했기에 겨우 레이저포 삼십 대입니까?"

육군대령이 민망하여 손을 비비며 말했다.

"우리 군은 그동안 꾸준히 발전해왔지만, 선진국으로서는 아직도 열악한 점이 많습니다. 시간이 지나면 좀 더 낳아질 것입니다. 회장님, 이번에는 좀 살펴 주십시오."

"그래 추경예산은 얼마나 받았습니까?"

"아! 그것은 비밀인데요?"

공군 대령이 이렇게 말하자 형진이가 여전히 못마땅한 표정으로 대답했다.

"아니 그런 것이 무슨 비밀입니까? 군부는 툭하면 비밀이라 말하는데, 알고 보면 아무것도 아닌 걸 비밀이라고 합니다."

이 말을 들은 해군대령이 대답했다.

"우린 애써서 추경예산을 일조 이천억을 얻어내었습니다."

"아니! 겨우 그것밖에 못 얻어내었습니까? 그것으로 지금 레이저포를 사려는 것입니까?"

"예, 그렇습니다."

"그 돈을 가져보았자 레이저포 24대 밖에 더 삽니까? 아니 그걸 가져다 무엇에 씁니까? 대한민국이 국토가 작은 나라라고 하지만, 그래도 인구가 오천만이 사는 나라인데 레이저포 24대를 가지고 무엇을 할 수 있겠습니까? 이런 식이니 어느 기업에서 신무기를 개발 하려고 하겠습니까?"

대령 세 사람은 민망하여 얼굴만 붉힌다.

형진이는 잠시 생각하더니 한숨을 내쉬며 입을 열었다.

"어쩔 수 없는 일이지요. 그렇다면 내가 좀 양보하여 그 돈으로 레이저포 40대를 만들어 드리지요."

형진의 말을 들은 육군대령이 반색을 하며 먼저 입을 열었다.

"회장님이 그렇게만 해주신다면 우리 군에게 큰 힘이 될 것입니다."

그러자 공군 소령과 해군 소령도 환한 얼굴로 인사를 했다.

"감사합니다."

육군 대령이 앞에 놓인 차디차게 식은 설록차로 입을 적시고는 말했다.

"우리 군이라고 레이저포를 많이 갖고 싶지 않겠습니

까? 사실 우리 육군에서는 레이저포 60대를 원하고 있습니다. 해군 역시 최소한 사십 대가 있어야 하고, 공군은 더 말할 것도 없지요. 그러나 나라 형편이 여의치 않으니 당장은 어쩔 수 없는 것입니다."

형진이는 세 사람을 쳐다보며 물었다.

"지금 우리나라 군사비가 얼마입니까?"

"270억 달러 정도입니다."

형진은 다시 흥분을 했다.

도대체 예산을 편성하는 사람들이, 아니 그보다는 정치인들의 머리 속에 뭐가 들어있기에 이런 식으로 국방예산을 책정하는 것인지, 그들의 뇌를 꺼내서 확인하고 싶은 충동이 절로 들었다.

"우리나라 일 년 예산이 사백조에 이르는데, 군사비를 30조를 쓴다는 것이 말이나 됩니까? 더군다나 우리는 북한과 대치하고 있고 주변이 강대국으로 둘러 싸여 있는데, 미국은 일 년 예산에서 군사비로 18%나 쓰는데. 우리도 적어도 15%는 써야 하는 것 아닙니까?"

세 사람도 형진의 말에 적극 동의하였다.

그렇지만 실질적으로 예산에 대해 결정할 권한이 없는 군이었기에 그들 또한 가슴 이 답답한 것은 마찬가지였다.

"그 정도를 쓴다면 45조이니 우리 군이 훨씬 빠른 시일 안에 군 현대화가 이루어 질것입니다. 그런데 군사비를 그렇게 아끼니 주변국에게도 어수룩하게 보여 허구한 날 얻어터지는 게 아닙니까?"

대령 세 사람은 형진이 말을 듣고 있자니 죽을 지경이었다.

괜히 맞서다가는 회장이 뿔따구가 나서 레이저포 값을 올릴까 겁나고, 가만히 듣고 있자니 열불이 났다.

그래도 그들은 수양이 잘 되어 있어 얼른 맞장구를 쳤다.

"아! 그럼요. 우리에게 군사비를 50%만 더 준다면 단시일 안에 세계 최강의 군대가 될 것입니다."

군 장교 세 사람이 돌아가자 형진이는 아직도 못마땅하여 중얼거렸다.

"아니! 겨우 레이저포 사십대를 가져다 무엇에 쓴단 말인가? 이거야말로 명분만 레이저포로 무장한다는 것이 아닌가?"

형진이 생각에는 레이저포가 한국에 최소한 이백여 대는 있어야 한다고 생각했다.

또 그래야 돈이 조금 된다.

겨우 사십 대를 팔아 보았자, 정말 아이들 껌 값밖에 안된다.

그는 한국 정치인들이 국방에 너무 등한한 것이 아닌가 하고 생각했다. 들리는 소문엔 한국 해군도 군함이 모두 사십 대란 말을 들었다.

옛날에 이순신 장군도 군함을 팔십 척 이상 가지고 있었다는데, 경제대국이라고 떠드는 한국이 군함 사십 척이라니… 이것은 정말로 말도 안 된다고 생각했다.

형진이는 뒤틀린 심사를 삭히며 차를 들고 있었다.

〈3권에서 계속〉

신인 작가 대모집!

무한한 상상력과 뜨거운 열정을 가진 작가 여러분을 기다리고 있습니다. 창작에 대한 열의가 위대한 작품으로 꽃피울 수 있도록 저희 어울림 출판사가 여러분의 힘이 돼드리겠습니다. 지금 도전하십시오!

분야 : 현대 판타지, 퓨전 판타지 · 무협 등 장르문학

대상 : 열정을 가진 모든 작가

기한 : 수시

접수 방법 :
  e-메일 접수 또는 당사 홈페이지 원고투고란을 이용해 주십시오.

접수 파일 작성 방법 :

  ▷ 작품 접수 시 '저자명_작품명.hwp'(한글 파일)로 통일
  ▷ 파일 안에 포함되어야 할 내용
    - 성명(필명인 경우 실명), 연락처, 이메일 주소, 집필 의도
    - 현재 연재하고 계신 분은 연재사이트와 아이디, 제목
    - 전체 줄거리, 등장인물 소개(A4 용지 5매 이내)
    - 본문(15~16만 자 이내)

채택된 작품은 정식 계약을 통해 출판물로 간행됩니다.
간행된 출판물은 당사의 유통망을 이용하여 전국 서점으로 배포됩니다.

※ 문의 사항은 당사 홈페이지(www.oulim.com)을 이용하시기 바랍니다.

서울시 마포구 서교동 395-64 회산빌딩 302호
어울림 출판사 신인 작가 담당자
전화 : 02-337-0120
e-mail : flysoo35@nate.com